中华文化丛书

Collection Cultures Chinoises

Serie sobre la Cultura China

Chinesische Kultur für die Welt

中華文化シリーズ Collection Cultures Chinoises

Chinese Culture Series
Serie sobre la Cultura China 中華文化シリーズ

Chinesische Kultur für die Welt

中华文化丛书

Chinese Culture Series

中国家族文化

◎凯祥 编著

江西出版集团

百花洲文艺出版社

中华文化 丛书

ZHONGHUA WENHUA CONGSHU

编辑工作委员会

致 读 者

中华文化是世界上最古老的文化之一，也是中华民族智慧的结晶。它丰富的内涵，不仅充分表现出以华夏文化为中心的统一性，而且有着非常明显的多民族特点。中华文化的统一性，在中国历史上的任何时刻，即使是在多次的政治纷乱、社会动荡中，都未曾被分裂和瓦解过；它的民族性则表现在中国广袤疆域上所形成的多元化的区域文化和民族文化。而在悠久历史长河中，随着中外文化交流的频繁，中华文化又吸收了许多外来的优秀文化。它的辉煌体现在哲学、宗教、文学、艺术里，它的魅力体现在中医、饮食、民俗、建筑中。数千年来，它不仅滋养着炎黄子孙，而且对世界其他地区的历史与文化产生了重要的影响。

在进入 21 世纪的今天，越来越多的人对中华文化产生了浓厚的兴趣。许多国家兴起了学汉语热，来中国的外国留学生也以每年近万人的速度递增。近年来，一些国家还相继举办了"中国文化节"，更多的外国朋友愿意了解、认识古老又现代的中国。

为了展示中华民族的优秀文化，促进中华文化与世界各国文化之间的交流，我们策划、编撰了这套"中华文化丛书"（外文版名称为"龙文化：走近中国"）。整套丛书用中文、英文、法文、日文、德文、西班牙文，向中外读者展现了中华文化的丰富内涵。在来自不同领域的百余位专家、学者的笔下，这些绚丽的中华文化元素得到了更细腻、更生动、更详尽、更有趣的诠释。

整套丛书共分 36 册，从《华夏文明五千年》述说中国悠久的历史开始，通过《孔子》、《孙子的战争智慧》、《中国古代哲学》、《科举与书院》、《中国佛教与道教》，阐述中华民族精神文化的不同基因与思想、哲学发展的脉络；通过《中国神话与传说》、《汉字与书法艺术》、《古典小说》、《古代诗歌》、《京剧的魅力》，品味中国文学从远古走来一路闪烁的艺术与光芒；通过《中国绘画》、《中国陶瓷》、《玉石珍宝》、《多彩服饰》、《中国古钱币》，展示中国古代艺术的绚烂与多姿；通过《长城》、《古民居》、《古典园林》、《寺·塔·亭》、《中国古桥》，回眸中国古代建筑史上的璀璨与辉煌；通过《民俗风韵》、《中国姓氏文化》、《中国家族文化》、《玩具与民间工艺》、《中华节日》，追溯中国传统礼仪、民俗文化的起源与发展；通过《中医中药》、《神奇的中医外治》、《中华养生》、《中医针灸》，领略中国传统医学的博大与精深；通过《中国酒文化》、《中华茶道》、《中国功夫》、《饮食与文化》，解读中国人"治未病"的思想与延年益寿的养生方法；通过《发明与发现》、《中外文化交流》，介绍中国科技发展的渊源与国际交流合作之路。

这套丛书真实地展现了中华文化的方方面面，作者以通俗生动的语言，在不长的篇幅内，图文并茂地讲述了丰富的历史、故事、传说、趣闻，突出知识性、可读性和趣味性，兼顾多国读者的阅读习惯，很适合对中华文化有兴趣的中外大众读者阅读。

参加本套丛书外文版翻译工作的人士，大都是多年生活在海外的华人学者，校译者多为各国的相关学者。在本套丛书出版之际，谨向这些热心参与本项工作的中外人士致以崇高的敬意和感谢。

本套丛书由中国山东教育出版社、中国百花洲文艺出版社和中国湖南科学技术出版社联合出版。2009 年 9 月，中国将作为主宾国，参加在德国法兰克福举办的国际书展。我们真诚地希望，这份凝聚着中国出版人心血的厚重礼物能够得到全世界读者的喜爱。

卢祥之

2009 年 1 月 15 日

■ 浙江临海大汾古村落

目录

引 言

　　中国人历来就有"家国"观念，即所谓"国家"——家便是缩小的国，国便是放大的家。因此，走进家族，便是走进中国的必由之路。也可以这样说，谁了解了中国独具特色的家族文化，谁就有可能了解中国社会和中国人。

　　在中国人的家族文化中，家族往往是超越朝代的社会实体，是社会整个肌体上生生不息的细胞。无论在任何时候，家族在

社会中都有极其重要的作用。

　　中国文化是血缘伦理型文化，家庭、家族在古代经济、政治、伦理道德、文化教育、个人生活等各方面都扮演了重要角色。中国人的家族作用与中国历史上的宗法制度、家国同构的社会结构分不开，其发展层次，大致有丰衣足食以立身，达官显贵以立功，书香门第以立言，最后是帝王世家以立天下。

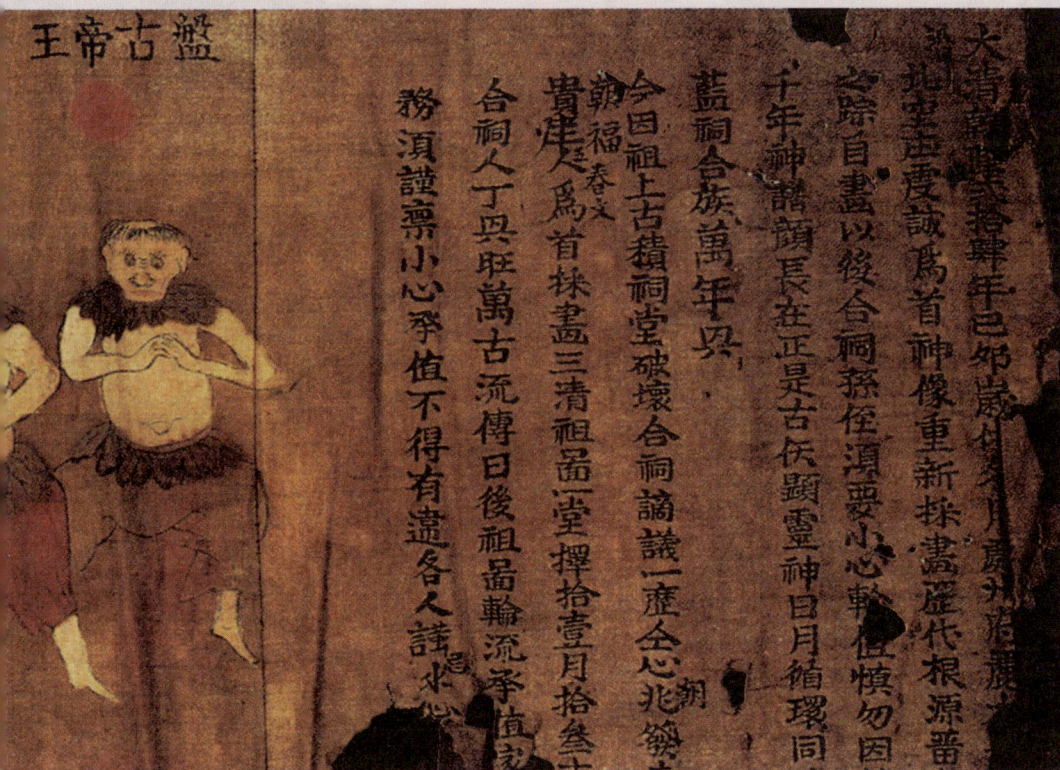

◀ 祖宗图局部（清）

■ 祖宗像

中国家族的由来

世界是怎么来的？万物是怎么来的？人类是怎么来的？

对于这些带有根本性的问题，在漫长的历史演变之中，东方和西方各有各的说法。一般而言，西方认为，我们所处的这个世界，是由上帝创造的；世间万事万物，也是由上帝根据自己的意志创造出来的。这些看法和观念，已经成为一种宗教、一种信仰，在西方人的头脑之中，根深蒂固地存在着，并且在日常生活的方方面面发挥着极其重要的作用。然而，在东方，在中国古代的神话之中，天地世界是由一位名叫盘古的人开辟出来的。

中国的创世之说

在很久很久以前，宇宙中还没有天和地的区分，形状就像个完整的大鸡蛋。在这个大鸡蛋之中，万物都混合在一起，混沌一片，茫然一片，分不出清和浊，看不出物体的区别，天地之间是一种杂乱无章的状态。

就在这种状态中间，不知经过了多少年的孕育，产生了传说中的创世之神——盘古。盘古出生之后，孤单地生活在一片黑暗和迷离中，一直在不断地独自成长。经过了一万八千年，盘古的身体已经巨大无比，以至于蛋形的天地空间盛放不下他那魁伟的身躯了。然而，盘古的身体依然在不停地成长，并且生生不息。

终于有一天，身体蜷缩在鸡蛋壳形天地中的盘古，周身的骨骼因不断地生长而嘎巴作响。他再也忍受不了这种与生俱来的黑暗、混沌和沉重的压抑，猛然使出积攒了一万八千年的力气，将束缚自己的"鸡蛋壳"上下一撑，就听见一阵此起彼伏的轰然巨响，奇迹出现了：只见"大鸡蛋"从中间吱吱呀呀地慢慢裂开，分成了两半。然后，更加令人头晕目眩的事情发生了——天地开始旋转起来，同时发生着一系列神奇的变化：随着天旋地转，原来混沌中那些轻盈而又清澈的东西逐渐向上方飘去，慢慢地汇聚在一起，最后形成了现在的天；那些沉重而又混浊的东西逐渐向下方沉积起来，慢慢地形成了广袤无垠的大地。

这时候的盘古顶天立地，终于能伸直自己的腰身了，终于能舒畅地呼吸和活动筋骨了。他的四周也一片豁然，澄明透彻。他伫立在天地之间，大吼大叫，大笑大跳，却没有意识到，自己已经成为开天辟地的英雄了。

天高地远、辽阔空旷的新境界，使盘古体会到了前所未有的愉悦。他稍作了一下休息，立刻想到：要是天与地再合到一起怎么办？那岂不是又恢复到了往日的混沌与黑暗中去了？那可不是自己所能接受得了的呀！想到这儿，盘古就开始行动，以保护自己的劳动成果。他站在大地之上，用双手托着天，用以防止它再与大地重新合到一处。

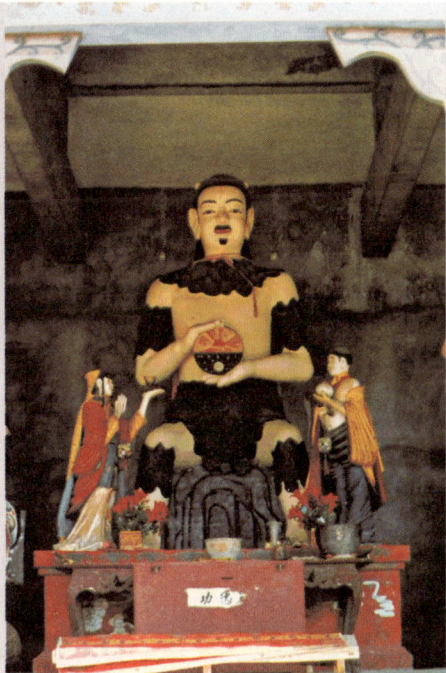
▲盘古庙

天不断地长高，地也不断地加厚，盘古敏锐地感觉到了天地的生长——天在变化，地在变化，盘古也随着天地一起变化。当时，天每日长高一丈，地每日加厚一丈，盘古也就同样随着他们一起长高一丈。天和地每天变化九次，盘古也随着变化九次。就这样，盘古脚踩大地，手托青天，一直过了又一个一万八千年。直到他三万六千岁的时候，天已长得高不见顶，地也变得厚不可测，盘古还是伫立在天地间，身高九万里，这正好等于天地之间的距离。

在盘古的不懈努力之下，天不再长高，地也终止了加厚，天地的构造基本定型。此时的盘古，历尽艰辛，已是老态龙钟。

3

盘王节 ▶

一旦停止了他那顶天立地的工作，他也就走到了风烛残年的生命尽头。

就在盘古那伟岸的身躯即将倒下的一刻，他呼出的气息变成了风和云朵，他说话的声音变成了雷霆和霹雳，他的左眼睛变成了光芒四射的太阳，他的右眼睛变成了皎洁明亮的月亮，他的手和脚变成了大地的四方支柱，他的五脏变成了五岳名山，他的血液变成了流动不息的江河溪流，他的筋脉形成了大地的框架轮廓，他的肌肉变成了田地里的沃土，他的头发和胡须变成了天上数不尽的繁星，他的皮肤和汗毛变成了花草树木，他的牙齿和骨骼变成了金属和石头，他的骨髓和体液变成了珍珠和宝玉，他身上的汗水变成了雨露和甘霖。

完成了这样的巨变之后，盘古倒下了，融进了天地之间。这位东方世界伟大的创世英雄，以毕生的精力为人们开创了天地，从而完成了生命历程的最后升华。

正是因为盘古开天辟地，为人们创造了这个世界，所以人们都对他致以崇高的敬意——千秋万代以来，盘古已经成为中国人心中的创世之父。

盘古开天辟地之说的影响极其深远，不仅在中国，而且在日本，在朝鲜半岛，在缅甸，在越南，在泰国等中国的周边国家，也广为流传。

　　据说，后世的人们，为了表示对盘古精神的崇敬，在中国南海一带，曾经为他建造了一个巨大的坟墓，其绵延三百多里，这也只能用来追葬盘古的神魂。同时，在中国南方，历史上曾经还有一个盘古国，全国的人都以盘古为姓。时至今日，中国四川、云南、贵州、广西等地大山深处的瑶族同胞中，仍有不少人是姓盘古的。对于盘古，中国的汉族及西南山区各少数民族，为了颂扬他的丰功伟绩，经常把他称之为"盘皇"，或者"盘王"。世居贵州、云南、四川等地的苗族同胞，至今还在过"盘王节"，并且视之为与春节同等规格的大节。例如广东连南瑶族自治县，自古以来生活着八排四十二冲的瑶族同胞，俗称"八排瑶"。每年农历十月十六日，即为瑶族最重要的节日——"盘王节"（传说中盘古的诞辰）。瑶族人庆祝"盘王节"的方式是载歌载舞，特别是斗歌对歌，更是热闹非凡。由于生活环境和

▲瑶族"盘王节"

文化传统的影响，他们特别能歌善舞，热情好客，民风淳厚，执礼恭谨。仅是通过连南瑶族的"耍歌堂"，便可窥其一斑——到了"盘王节"这一天，八排四十二冲的瑶胞都要汇聚一堂，祭祀祖先盘古王，庆祝丰收，赛歌比舞，称为"耍歌堂"。为了烘托歌堂气氛，排瑶的长鼓舞表演和比赛也在斗歌时进行。这种舞蹈多由两对长鼓舞手合跳，其中一人起领舞作用，边跳舞边击鼓，舞姿粗犷豪放。入夜，人们舞得更欢，奔腾跳跃，完全进入了忘我的境界。他们在歌坪上燃起篝火，许多人在野外露宿，唱歌饮酒，通宵达旦。青年男女则在约定的地点对歌，谈情说爱。就这样，节日上的欢乐气氛，也随歌声不断向远处漫延。

由此可见，东方人崇拜创世之神和西方人崇拜耶和华是不一样的，而且东方与西方的创世之说也完全不同。

中国的造人之说

东方与西方的造人之说也大不一样。在西方，据《圣经》所说，上帝先造世界万物，然后为世界造出了第一个男人。为了使这个男人生活不孤单，他又抽出自己的一根肋骨，创出了一个女人。从此，世界上有了人类。而东方造人之说与此不同。传说中的盘古开天辟地，为人们的生活创造了必需的条件，在这个条件的保证下，才有了人类生存的可能。那么，人类又是怎么诞生的呢？中国古代神话对这一问题给出了富有传奇色彩的答案：人类是由女娲创造出来的，而女娲却是个人头蛇身的女神。

有趣的是，我们今天的许多考古发现，都证明了古人对于女娲肖像描写的准确性。在我们发现的中国汉代石刻与砖画中，就常常有人首蛇身的女娲画像。例如，山东嘉祥武梁祠画像石中就有非常典型的人首蛇身的女娲形象。

女娲的形象，反映了当时的社会正处在生产能力较为低下的状态之中。人类的一些能力不如某些动物敏捷和迅速，因此人们常希望自己在欠缺的某一方面，也能具有动物同样的能力，所以就把理想中的神勾勒成了半人半兽的形象。这一点，与西方动物图腾崇拜的起源多少有些相似，与古埃及金字塔前耸立的人面狮身像的意义也如出一辙。在中国古代，龙是最受人们崇拜的神灵，其身体就是取象于蛇的，故女娲的形象是人首蛇身。很好的例证就是：在已发现的汉代画像之中，女娲有时也以人首龙身的形象出现。

下面，我们就来描述一下女娲创造人类本身的过程。

如前面所说，盘古开辟了天地，又在死后把自己的身体变成了花草树木、山川河流、风雨雷电。这样，天地间就有了欣欣向荣的景象。大神女娲时常徜徉于天地之间，沐浴着阳光雨

◀ 女娲雕像

伏羲女娲画像砖 ▶

露，欣赏着雾霭云岚，在花草树木的馥郁芬芳中流连忘返。到了夜晚，月华如练，繁星闪耀，又别有一番胜景。

女娲在这样的美景中生活了许多岁月。突然有一天，她感觉到这世界上似乎缺少一点什么东西。缺少什么呢？她在静谧无声的大地上行走着，思索着。不知不觉中，她来到了一个大水池旁边，正好有点疲倦，就停了下来。她向水池中一看，清澈碧透的池水里，映照出自己的影子来。这时，她忽然有了一种好奇心，随手抓起一块池边的黄土，和着水池中的清水，照着池塘中自己的模样，把这块黄土捏呀捏呀，捏成了一个小小的泥娃娃。她随手把这个泥娃娃放到地上，这个小东西竟然一下子伸展四肢，欢蹦跳跃起来，而且发出叽叽喳喳的声音。女娲对自己的成果非常惊喜，她给这个小东西起了一个名字叫做"人"。

女娲兴奋起来，不断地找来黄土，和着池水，继续自己的伟大创造——她要造许多许多的人，使盘古开辟的这个寂寞的世界不再寂寞，而充满生命的气息。随着女娲把黄土捏成的小人一个一个放到地上，他们就一个一个开始鲜活起来，欢呼雀跃，热闹非凡。他们先是手拉着手围住女娲旋转，来感激女娲赐予了他们身体和生命。女娲看到这些小儿女们的幸福表现，也满怀欣慰地笑了。

　　一批批的小人儿围着女娲转完圈圈，表示了真挚的情感之后，就一批一批地走向辽阔无边的原野，寻找各自生活的乐土去了。女娲只好不停地挖土，和水，捏人，把他们放向原野……终于，女娲有些体力不支、疲惫不堪了。她只好停止了工作，随身躺在水池边，准备休息一下，再继续工作。

　　倒下之后，由于长时间的过度疲劳，女娲很快就酣然入睡了。也不知道睡了多长时间，女娲终于醒来。这时，她感觉到浑身酸痛，非常想放松一下。恰巧在她手边有一条藤，藤的一端直伸入水池里面。她顺手扯起了这条藤，沾水的藤条带起了池塘边的一些泥土，这些泥土混合了池水，变成了泥点子，随着被挥动的藤条四处飞溅起来，纷纷落到池塘边的地上。说来也真是奇怪，这些泥点子感应了她的神气，当他们落到地面上的时候，纷纷变成了活灵活现的小人儿——他们也同女娲亲自用双手捏成的人一样，开始手拉着手，兴高采烈地环绕在女娲身边，又是欢呼，又是舞蹈，表达对女娲赋予生命的感激和敬爱。然后，他们也同样走入原

◀ 女娲造人图

9

野，寻找各自的家园去了。

女娲又一次被自己意想不到的创造所震惊，她一下子又精神振奋起来，心里充满了无限的喜悦。她站起身来，开始了新一轮的创造——她把藤条放到池塘里，然后用力搅动藤条，把池塘中的泥土搅成了泥浆，又把藤条在泥浆里蘸一下，马上抽出来，向岸边的空中挥舞。藤条带出的泥点纷纷扬扬地落到地面上，立即变成一个个活生生的人。就这样，她一次次把藤条放到泥浆里搅动，一次次向岸上挥舞，一批又一批的人诞生了……

这时候，女娲那满是疲惫的脸上，开始露出了欣慰的笑容。她有了这么多儿女，再也不会感觉到寂寞了。大地上的人也足够多了，她感到自己完成了一项伟大的使命，才停下了手中的工作。

女娲心满意足地看着自己用双手创造出来的人类欢乐愉快地生活在大地上，自己也每天都沉浸在幸福愉悦之中。就这样，她与自己创造出的儿女们相依为命，共同生活在天地之间。

女娲造人剪纸 ▶

不知不觉之间，这样的生活过了千年万年。在这悠长的岁月里，风和日丽，物阜民康，人们逐渐学会了通过辛勤劳动获得食物和日用品的本领，逐渐同自然形成了

和谐的依存关系。也许是天地初生，定要经过几番风雨，才会真正地稳固下来，人类注定要经过劫难的洗礼，才会走向成熟。总之，人们过了一段美好时光后，天地之间发生了开辟以来一次巨大的变动——突然有一天，天塌地陷的灾难降临到人们的头上。

这时候的天地之间一片混乱（酷似西方神话中诺亚方舟的故事）——不知什么原因，天上漏了一个洞，大雨从洞中倾泻到地上，由盘古双手和双脚变成的支撑天的四根柱子也全部坏掉了。于是，天塌了下来，天地又开始向混沌的状态回复。地面上到处都裂成一条一条巨大的裂缝，深不见底，把人们之间的联系也隔绝了。山林草原燃起了熊熊大火，终日不息。洪水也从四面八方以及大地的裂缝中涌出来，大地陷入一片汪洋之中，人们只好聚集在分散的几块高地上，以躲避这场天降之灾。

被大火与洪水驱赶的猛兽，这时也乘机袭击人们。一些老弱病残者无力保护自己，有的被猛兽吞食，有的被凶猛的老鹰

▲女娲补天图

11

啄食。最为凶狠的害人野兽是一条黑龙，它神出鬼没，令人防不胜防，许多人被它吞吃了，许多生命消失了……人们真正地陷入了水深火热之中。

　　女娲看到自己的孩子们遭受到了这样的灭顶之灾，就义不容辞地开始了拯救人类于水火之中的又一伟大行动。她打算先把塌下来的漏着大窟窿的天补好。于是，她开始在整个世界的高山深壑和江河湖海中寻找补天的材料。最后，她从大地上选取了最为精美的五种颜色的石头，作为自己补天的原料，并把这些石头垒放在一处，架起神火，将它们熔化开来，然后，她用五色石熔成的糊状石头不断地填补天的窟窿，石头液体马上就与天凝固在了一起。经过不断的努力，她终于把天的漏洞补好了。于是，天上的暴雨也就停止了倾泻。

　　天空的的漏洞虽然补好了，但是由于失去了原来的四根支柱，变得飘忽不定，时时都有再塌下来的危险。女娲想了很久，终于有了解决这一问题的办法——她从水中捉到了一只巨大的乌龟，把它的四只脚砍下来，用以代替已经坏掉的四根天

伏羲女娲像 ▶

柱，并把它们竖立在天地间的四方。于是，天地终于又恢复到了从前的稳定状态。

补修好天，女娲又开始治理地上的混乱局面。她先凭借自己的神力，杀死了惯于害人的黑龙，驱走了凶禽猛兽，使人类得以安全生存。然后，女娲又从各地采来大量的芦苇，把这些芦苇烧成灰，再把它们填塞到大地的裂缝中去，弥合了大地的裂纹，使隔绝已久的大地又成为了平坦连绵的整体，人们又能够相互沟通了，同时也阻挡住了地上洪水的喷涌。从此以后，天地再也没有发生巨大变化，人类得以繁衍生息，绵延至今。

中国古代文献，对女娲补天带给人民重生的幸福，曾经作过生动的描写，以表彰和纪念这位鞠躬尽瘁的女神。《淮南子》中就曾描写道：由于女娲补好了天，填平了地，制止了洪水，驱杀了危害人类的野兽，人们获得了新生，春夏秋冬也恢复了原来的规律，从此，人们幸福地生活在田园之上，自然而又快乐，感到自己一会儿像安稳的健牛一样自在自得，一会儿又像驰骋的骏马一样洒脱自如——这真是一幅人类黄金期美丽的田园牧歌图。

正因为这样，人们对女娲代代传颂，在缅怀其伟业的时候，

▲ 女娲神像

13

都盛赞她的功德上及九天，下到黄泉。

到后来，人们不但把她看成始祖神，也把她看成了人类的保护神。同时，相传东方婚姻制度，也是由女娲创立的（在后面介绍家族诸保护神的文字中有专门叙述），所以，人们又把她当做最早的媒神来崇拜。不仅如此，在印度支那地区的越南、老挝等国，都有崇拜女娲的习俗，都有随处可见的女娲娘娘神庙。

中国母系家族的由来

世界既成，人类既生，接下来，我们有必要探究一下中国人的生活方式。这其中，最重要的生活方式，即为家族方式。

由于中国造人的始祖为女性的女娲神，所以，中国最初的家族文化，就带有浓厚的母系氏族社会的烙印。这一点，在大量仰韶文化的出土文物之中早已得到了证实。在中国古典文学名著《西游记》之中，就记载了唐僧过女儿国的生动而

摩梭人走的桥 ▼

14

有趣的故事——那个国度的社会特征，正是女权至上的特征；甚至在两百年前清朝末期中原地区的一些封闭地带，仍然存在着某些母系氏族社会的遗风；更有甚者，人类社会发展到了21世纪的今天，在中国的云南，民间传说中的女儿国，至今尚存——这就是摩梭人这一族群了。

◀《西游记》女儿国版画

　　摩梭人世代生活在滇西北高原川滇交界处的泸沽湖畔，他们至今仍保留着"男不婚、女不嫁、结合自愿、离散自由"的母系氏族婚姻制度。

　　摩梭人的走婚制是世界上最奇特、最有自由色彩的婚姻形态——如同女娲最初捏成的男女们一样自由自在，完全不受任何制度的约束。摩梭女孩成年（12岁）时会举行隆重的穿裙礼。从此之后，可由她挑选如意郎君夜来闺房探访。摩梭人没有明确的婚姻关系，双方不娶不嫁，不建立家庭，全靠感情维系关系。每天晚上，所有的成年男人，便到自己意中人的家中幽会，并且过夜，到第二天早上，又回到自己的家中；女方受孕后生育的小孩，也不追究其父亲是谁，完全由女方家庭抚养。一旦男女感情破裂，男方不走访或女方在闺房门口放双男鞋即可离散，彼此无怨恨，无忌妒，随缘而行，外人更不可有异议。

村落的晚会，是摩梭女人挑选自己情郎的佳节。晚会时，青年男女手牵手围成一圈，中间升起篝火，载歌载舞。姑娘们穿戴富丽，全部家当都挂在身上。她们头缠黑布大包头，身穿白色百褶裙，用高亢的嗓音对唱情歌，再端上一碗美酒，要情郎当众誓言效忠。小伙子尽量表现自己的英俊潇洒，但有时兴奋过了头反而闹笑话，乐得大家人仰马翻。在舞会上，青年男女牵手之际，如果女孩希望这个男孩晚上来走访，就会在男孩手

摩梭女人 ▶

心里扣几下，暗示晚会后随行。男孩可以去，也可以不去；但是，男孩却没有挑选或暗示的权利。

目前，绝大多数摩梭人的家族是按母系血缘建立起来的。它的显著特点是：过偶居生活的男女"阿注"（相互悦心的情人），都处在各自的大家族里。在这个大家族中，一般拥有这样一些成员：母亲（和她的兄弟姊妹）、儿子和女儿（包括妹妹的儿女）、外孙和外孙女。通常，年龄最大的妇女是大家族的家长。她主持公共的财务，参加并组织家务劳动。家族成员的劳动收入都归她支配。就餐时，全家围坐在火塘边，由她掌勺，一人一碗菜，平均分配，饭不限量。婴孩、儿童、老人都有额外照顾。需要说明的是，家族与家庭，并非一回事。家族的本质，是以血缘关系来组成的。因此，摩梭人的大家族，就出现了十分有趣的"尊敬舅舅"的风俗习惯。

舅舅便是一个个大家族中的男子。这些男子，在大家族里的地位相当特殊，他跟母亲和姐妹共同劳动生活，关系极为融洽亲密。作为舅舅，他深受外甥和外甥女的爱戴与尊敬。同样，他有责任和义务赡养老人，抚育幼童。当舅舅年老丧失劳动力的时候，也理所当然地能得到外甥们的特别照顾。

男女结交"阿注"时，有的男子也常去女"阿注"家，帮助干点活儿；所生育的子女，归母亲抚养。子女长大之后，跟父亲也有来往。但是，父亲和子女彼此之间都不承担权利和义务。作为"丈夫"或"父亲"的男子，始终只是女"阿注"母系家族中一个来往较亲密的"客人"而已。

摩梭人结交"阿注"虽然带有随意性，但并不是没有原则的——即同一母系繁衍的后代，不管是异父同母的子女，还是

摩梭人居住地 ▲

姨表兄弟姐妹之间，都被禁止结交"阿注"。但同父异母兄弟姐妹和姑表兄弟姐妹之间结交"阿注"，一个男人和别家母女或姐妹结交"阿注"，舅母和甥男结交"阿注"，叔叔与侄媳结交"阿注"，只要双方都不属于同一个母系血缘，都不会遭到非议。摩梭人崇尚自由，崇尚幸福，他们所排斥和禁止的，只是母系血缘的近亲婚姻。

由此可以看出，摩梭人结交"阿注"是完全自由的，离异也是完全随意的，一般不会发生冲突。因为"阿注"的关系本身不专一，因此必然是不稳定的。在泸沽湖畔，摩梭人青年男女同时结交七八个"阿注"的现象常见，往往其中有一个是固定的"阿注"，而其他则是临时的"阿注"。进入到中年和老年，结交"阿注"的数目开始逐渐减少，到后来就通常只跟一个"阿注"交往了。

诚然，在中国广大地区生活着的人们，其家庭状态并不是处在母系氏族社会之中的。泸沽湖畔摩梭人的生活，也只是母系氏族社会遗留下来的一个活化石。重要的是，在中国漫长的历史之中，以父系为中心的家族形式成为了生活的主要形式。

中国父系家族的由来

　　在中国的中原地区，母系氏族社会向父系氏族社会过渡，经历了一个漫长的历史阶段。让我们了解一下传说中的第一位神王伏羲的身世，也许能够窥出母系氏族社会向父系氏族社会过渡的端倪来。

　　据说伏羲的母亲生活在母系氏族社会的华胥国。这个华胥国，便是由女娲造的无数个人组成的，没有国王和任何一级的领袖，大家都顺其自然地生活在一起，人民也没有不良的爱好，自由恋爱，自由分手，各自率性而真诚地生活和劳作着。

　　华胥国的人不会因为活着而沾沾自喜，也不会因为死亡而感到恐惧，所有人都听天由命，安度天年，因此也没有过早或意外死亡的现象。这里的人民不分远近亲疏，都能够平等相待，和睦相处，彼此之间没有利害冲突。

◀ 伏羲女娲画像石

由于华胥国的人民都能以天然淳朴的方式安身立命，待人接物真正做到了心无杂念地天真处世，所以他们同周围的山林川泽以及大自然的风云际会、晦明变化达到了浑然一体、水乳交融的和谐状态，这使每个国民都具有了一定的神性。

伏羲的母亲华胥氏，有着与生俱来的先天的神性。她雍容华贵的气质，深受男子们的爱戴和崇拜，她结交了许多异性朋友（或者叫"阿注"），于是，男女们每每在天地间游历名山大川，欣赏美妙的自然风光。

有一天，华胥氏独自游历到了位于东方的一个大沼泽边，

伏羲像▶

这个大沼泽名字叫雷泽。这儿一片汪洋，气势磅礴，一下子吸引住了华胥氏，她就在雷泽边尽情玩耍。当她玩得兴致正浓的时候，突然间看到雷泽岸边的泥地上有一个巨人的足迹。她好奇地把自己的脚放进那个大足迹中去。这时，她的腹中悸动了一下，后来她就有了身孕。当十月怀胎之后，她生下了一个男孩，她给他取名叫伏羲。

从伏羲的身世特点

不难看出来——知其母而不知其父，这正是母系氏族社会的特点。从伏羲开始，其后的子孙都有了父系的归属。

由于伏羲是一个承前启后的转折时期的重要人物，所以后代为其父亲作了许多判断（因为自伏羲时起，人们有了父系概念，所以不免要为伏羲寻根问祖了）。既然伏羲是神母所生，其父亲隐约又是雷泽之神，他当然也就是一代神王了。

▲ 汉代壁画里的伏羲

作为神王的伏羲，是人们进入父系氏族社会的第一个领袖。他为人民谋取福利，为人民改善生存和生活条件，贡献出了自己的王者智慧。那时候，他试着用绳子交叉打结，渐渐地形成了一个网状的东西，用它在河里捉鱼，一下子能捉到许多条鱼，马上提高了人们捕鱼的效率。人们按照伏羲的方法，织成了许多鱼网，很快捕捉到了足够多的鱼；吃不完的，又想办法晒干储存起来，等到日后找不到食物的时候，再取出来充饥。后来，人们受到了捕鱼的启发，把鱼网改造了一下，在树丛中撑起来，做成了捕鸟的工具。如此一来，人们又可以捕捉到大量的飞鸟作为食物了。这样，人们就扩大了食物的来源，丰富了食物的种类。

伏羲在改善了人们的饮食条件之后，人们由于有了充足而又稳定的营养，不断强壮起来，对未知世界的探究也越来越深入和广泛。为了帮助人们能更好地掌握探索事物规律的主动权，伏羲又为人们创造了宝贵的精神文化体系，即传说中的"伏羲演八卦"。

经过长时间仰观天上日月星辰的运行变化，俯察大地上山川河流的消长变化、春夏秋冬四时的交替轮转，以及风雨雷电的幻化运行，又通过对人身的形体与心神的依存协调的把握，伏羲总结出了万事万物统一遵循的规律系统，他称之为"八卦"。这个系统，包罗万象，变幻莫测，记录了天地人间的普遍信息。另外，由于他首倡婚姻，指导人们结婚生子，所以，他又被后世称为"先父"，即父系氏族社会的先祖。

从伏羲开始，先民们建立起了父系血缘的家族。原来的氏族中，女性在家族中的地位，逐渐被男性取代，并且建立了稳定的

伏羲像 ▶

卦畫光天道開前古
六經之原羣聖之祖

伏羲

对偶婚制度。对偶婚由从妇居变为从夫居，婚姻形式由此发展到一夫一妻制，母系氏族社会分裂成了许多个体的父权家长制家族，从此，开始进入到父系氏族社会。

父系氏族之上，还有胞族和部落。胞族是较大的氏族，又称为"老氏族"，由几个有血缘关系的家族所组成，是介于氏族与部落之间的社会组织。通常每个部落有两个以上的胞族，每一个胞族内部，又分为两个以上的氏族。相邻的几个或多个部落结合起来，组成部落联盟。部落联盟是最大的原始社会集团。

原始社会后期，中国分布着几个著名的部落联盟，其中炎帝、黄帝和蚩尤是三个最著名的部落联盟首领。炎帝又称神农氏，据说是黄河流域最早的部落联盟首领。蚩尤部落，则活动在淮河流域一带。

历史上，各部落之间曾经发生过三次著名的战争：第一次战争，是在蚩尤与共工（也是一位部落联盟首领）之间发生的，共工战败；第二次战争，是黄帝与蚩尤的涿鹿之战，黄帝获胜；第三次战争，是黄帝与炎帝大战于"阪泉之野"，史称"阪泉之战"，最后黄帝获胜，炎黄合为一体，成为今天炎黄子孙的共同祖先，从而稳定了部落联盟宗法家族体制。

宗法式家族制度，在两千多年前的周代已十分完备。它在父权家长制的基础上发展起来，构成了奴隶主贵族的等级阶梯，成为奴隶制社会的基本社会政治制度。其特点是，政权和族权、君统和宗统结合在一起，按地域划分的国家各级行政组织与按血缘划分的大小家族基本上合而为一。

一个大家族分裂成几个小家族之后，原来的大家族称为"大宗"，分裂出的小家族则称为"小宗"。

族长在宗法制度中的正式名称为"宗子"。宗子的产生，遵

炎黄二帝塑像 ▶

周初诸侯国的分布

循"嫡长子继承制"。一个家族的宗子职位，必须由第一代宗子的嫡长子、嫡长孙代代传袭。宗子有权力主持家族的祭祀和占卜，有权力处罚族人。比如在西周时代，最大的宗子是周王，整个国家，都是周王的天下，史称"周朝"。别的宗室的宗子，是周王的"小宗"，是周朝的诸侯；但这些人在自己的宗族内，则是族长，是诸侯国的"大宗"。

由此而下，两千多年以来，无论朝代如何更迭，无论历史发生怎样的变化，以父系血统为主体的社会组织形态基本上被保留和延续下来，并形成了独具特色的家族文化。

■ 北京门头沟爨底下古山村

家族与村落现象

与母系相对立，父系的血缘，是建立和维系大多数中国家庭的骨干和核心，而无论是南方还是北方，一个个少则数十户、多则几百户的村落，则为中国独特的家族现象的存在提供了必要条件，已经成为内涵丰富的村落现象。

村　落

村落是在原始部落的基础上发展起来的。它是由若干个父系血缘组织（家族）为维护本地区共同利益而组成的地缘型社会组织。因此，地缘型社会组织又可称为"地缘共同体"。村落不仅有比较稳定的地域范围，还有属于村落所有家庭的庙宇、桥梁、水渠、山林、道路等不动产及公共设施。在这里，人们的村落意识非常强。为

中华文化丛书
ZHONGHUA WENHUA CONGSHU
中国家族文化

◀村落

维护村落荣誉，村民不惜人力物力；为捍卫村落利益，有的甚至不惜献出生命。

在村落里，同姓家族与异姓家族所占比例不同，通常会影响到一个村落的人员构成、人际关系等多方面的问题，因此，要研究家族，村落类型是不可忽视的社会现象。据我们所知，依村落同姓与异姓家族所占比例的不同，可以将村落划分为单一型村落、姻亲型村落和杂姓型村落三类。

单一型村落

这类村落是指那些由单一家族繁衍起来的单姓村落。有人称这种村落为"孤家子"型村落。在县级地图上看到的诸如赵庄、张村、马屯、丁家窝棚之类具有单一姓氏特征的村落，都属于这种类型。在这种单一家族型村落中，村长就是族长，村事就是家事。在管理体制上，遵循着严格的封建家长制式的管理，每一个家庭都是家族的一个成员；村落的政治、经济、军

村落 ▼

事、人事大权，也都完全掌握在家族的手中。

这类村落的社会功能与这类村落的矛盾，集中反映在家族内部以及本村落与邻近村落的关系上，这类村落的社会功能与家庭功能大体相同。

单一家族型村落，起源于家族世居传统。在古代游牧民族居住区，牧业生产都是以单一家庭的方式进行的，随着家庭人口的递增，逐渐发展成大家族。这些流动人口一旦固定下来，就会形成人口数量不等的农牧村。在早期社会中，渔猎民族、农耕民族大多也都有着相似的聚族而居的文化传统。在中国的广大地区，这种村落一旦形成，便会因土地的缘故而永久地固定下来。

此外，为了躲避战乱与追杀，举族迁入山林，也是单一家族型村落形成的重要原因。例如，河北省井陉县的于家村，就是明朝尚书于谦（著名政治家、文学家）的后人为逃避朝廷追杀，躲进深山建立起来的。另一种情况是，人们为挖金、采矿、

生意、狩猎而举家进山，聚族而居，最终形成单一家族型村落。例如，内蒙古包头市的常家庄，就是上世纪20年代"走西口"时，山西晋商大户常家因口外做生意的需要，其子孙逐步在当地落地生根、自然繁衍的结果。一百年过去了，内蒙古的常家和山西的常家所保留下来的建筑都一模一样，可见姓氏在中国家庭中所占地位的重要性。

姻亲型村落

这类村落往往是在单一家族型村落基础上发展起来的。但是，有时也不排除若干异姓家族因为生存的需要，以联姻方式聚族而居，并最终形成以几个大姓为主的姻亲家族型村落。被称为"三家子"、"五家子"、"八家子"之类的村落，基本上都是姻亲家族型村落。例如，贵州省黎平县竹坪大寨共有二百多户人家，内有"郡登"、"央大"、"央拍"、"公井"、"高亚"等五个较大家族，其中以"郡登"、"央大"两氏的人口最多。村中如发生大事，都必须由这两个大家族出面协调。维系这类村落各家庭关系的关键因素，是联系彼此的姻亲关系——或者"郡登"家的儿子，娶"央大"家的女儿为妻；或者"央大"家的儿子，娶"郡登"家的女儿为妻；或者"高亚"家的女儿，嫁给了"公井"的儿子……如此这般，互相嫁娶，成为亲上加亲的新型关系。在这类姻亲型村落中，各家族间的同辈男女可以通婚，但同家族内的同辈男女则不能通婚。这种村落的矛盾，集中体现在各姻亲家族的利益纷争以及本村落与邻近村落的利害冲突上。

杂姓型村落

这类村落，是由众多原本没有亲缘关系的家庭所组成。历史上屯兵、屯田是造成杂姓村落产生的一个主要原因。这类村落主要分布在古代大都市的周边及需要戍防的边疆地区。如村名中带有"营"、"台"、"屯"、"堡"等字眼的村落，一般都与历史上的屯兵、屯田有关。俗话说："铁打的营盘流水的兵。"兵营营址一旦确定下来，各地兵源便会相继流入，而退伍将士中也会有相当一部分人卸甲归田，变成村落的一员。屯兵的大营，也演变为后来的村落。这类村落不但姓氏复杂，村落民俗也呈现出明显的多样化特征，外来文化影响明显，军事化成分居多。另外一种杂姓村落产生的特殊情况是，因为某种自然灾害的影响而形成了移民村落。这类村落主要集中在历史上移民较多的移民居留地。例如：一百年前的晚清时期，中原地区旱灾、蝗灾、水灾不断，朝廷经济实力衰竭，已经无法顾及满族发祥地东北所谓"龙兴之地"了，从而造成大量闯关东的难民拥入，因此，东北许多地区就形成了以同乡或异乡人家庭共同组成的杂姓村落，或者杂姓屯子。

我们知道，村落是由家族组成的，每个家族又存在着宗教、阶级、民族、结社、地缘远近等多方面差别。因此，村落经常通过长老会的形式协调各族利益关系，以避免矛盾升级。在民间，由各家族长老组成的村落长老会是村落的最高决策机构，但长老并不会因此而享受任何特权，每一个具体家庭的经济地位，也并非长老当选的特别筹码。当选长老的基本条件是：处事公平、干练，有决断能力。当然，具有与神灵沟通、会唱歌鼓动情绪等一技之长者，就会成为首选。因为在传统社会中，长老在与人沟通的同时，还常常需要与神沟通，在宣讲乡规民约的过程中，演唱也是必不可少的形式。这也是巫师、歌手能够顺利进入长老会的一个重要原因。

民事调节是长老会的一项重要工作。民事调节的一般程序是：如果是兄弟分家、夫妻吵架、婆媳不和，则当事人置办酒菜，宴请长老到家中调节。调节时，当事人双方分别陈述理由或提出已

东北村落 ▶

32

方要求，长老再根据具体情况，或当面说和，或事后劝解，使各方心悦诚服。如果遇到夫妻离异、打架伤人、奸污妇女这类大案，长老们就需在详细调查的基础上，提出自己的解决方案。如果经长老努力仍不奏效，就会召开村民大会，请众人评判。如果仍然无效，还要通过"捞油锅"、"排卦象"等神判方式，判定是非曲直。

■ 安徽绩溪大坑口村胡氏宗祠

家族仪礼习俗

　　家族文化，是古代宗法社会的产物，更是中国传统文化的标志性特点。

　　如前所说，中国人祖祖辈辈聚族而居以繁衍生息之地是村落，而中国人道德伦理意义上的精神家园则是宗族。它们是中国传统农业社会与中国宗法思想相结合的产物，从实体和精神上构成了中国人赖以生存的空间。

　　宗族是由一个共同祖先延承下来的父系群体，家庭是构成宗族的最小单位。传统上认为，只有当人类婚姻形态发展到了对偶婚时代，才算是产生了真正意义上的家庭。以夫妻为核心组成的社会单位，称为家庭。前面，在分析母系氏族社会时，我们已经知道，那是按母系血缘传递世系、继承财产的社会；父系氏族取代母系氏族之后，世系的传递、财产的继承便开始按照父系血缘进行。在这一时期，真正出现了一夫一妻制，中国的婚姻家庭形态才有了全新的发展。

家　　族

　　家族是按血缘关系构建的、彼此之间有互助互救义务和责任的群体。族人生病、遇到意外灾害或进行婚丧嫁娶时，其他

中华文化丛书
ZHONGHUA WENHUA CONGSHU

中国家族文化

山西祁县乔家大院 ▲

族人都要提供帮助。这一宗法体系相对独立，又高度集中，形成了金字塔式的稳定的社会经济单位。家庭婚姻大致遵循同姓不婚、世代联姻等原则，并形成了一妻多妾的婚姻制度，妻生下了长子称为"嫡长子"；庶妾生下的儿子，即使年龄大也不能成为嫡长子。妻的名称因丈夫的身份而异，如天子的嫡妻称为"后"，诸侯的嫡妻称为"夫人"，大夫的嫡妻称为"孺人"，士的嫡妻称为"妇"，平民的嫡妻称为"妻"。

无论是贵族还是平民，家中的正妻只能有一个，而妾室（就是小老婆）可以有多名。在旧社会，男子纳妾成为一种风气，其理论是：除正妻之外，接纳妾室并不是为了自己，而是为了家族——为了使家族能够传宗接代，能够人丁兴旺。那时候，家族观念在社会基层得到了广泛的渗透，家族成为维系社会稳定的重要力量。尤其在江南，家族势力发展得更为迅猛，宗法血缘关系主导了政治生活，由此形成累世同居的封建大家族。这种聚族而居的封建家族是一种民间的地方宗族组织，负有传承思想文化和宗法教育的功能。

其形态结构，实际是周代以来宗法制的变种。它实行族长管理体制，族长权威不可侵犯。

家　谱

在不注重个性张扬的传统民风中，中国人过着一种聚族而居的集体生活，家庭关系的一种无形纽带便是血缘，而维系家庭、宗族的有形纽带则是家谱。

家族的三要素是祠堂、家谱、族田。家谱是一个家族的历史，以文字形式记载本族肇迁繁衍的脉络，记录本族的分支状况及历代族人的功绩等。家谱名称繁多，如宗谱、世谱、族谱等，又可分为总谱、通谱、支谱、房谱、统谱、会谱等。

家谱是家族文化积累的社会产物。中国人历来重视纂修家

◀ 请家谱仪式

谱，认为"家国一体"，国有国史，而家谱就是家史。

古往今来，人人都有流芳百世的愿望，但不是所有人都能青史留名，而家谱则可以照单全收本族本宗的子嗣后代，只要不是做过特别令家族蒙羞的事情，几乎每个族人都可以在家谱上留名。所以，从这个意义上说，家谱在普通百姓的心目中，地位要比国史更为现实和重要。修家谱的风气也就愈演愈炽，历代不衰。随着家族的发展，家谱也就有了补修、续修、重修的现实需要。

私家修谱自宋代兴起，经元、明的发展，至清代中期达到鼎盛，各地不断涌现出修家谱的热潮。明代中后期以来，家谱的体例和内容也发生了重大变化。至清代，家谱体例渐趋定型，包括凡例、诰敕、仕宦、世系、族训、祠堂、坟茔、族田、艺文、传记、碑铭等，并逐步形成了各自的地域特征，在纂修体例以及版刻、装帧等方面也均有所反映。

浙江龙游杨氏宗祠三槐堂 ▶

一般而言，家谱
由家族源流、堂号、世
系表、家训、家传、艺
文、图像七部分内容
构成。

　　家族源流是追溯
本家族的肇造、发展历
史，考证家族的来源与
变迁，详细记载家族在
历史发展中的演变轨
迹。堂号是一个家族的

▲ 孔子世家谱

特殊标识，一般取自郡县名或为纪念家族始祖、名人而自创。堂
号也是后代寻根问祖的重要线索，一般是以郡名作为堂号，或
以诸侯国、府、州、县名为堂号。家族迁徙分开后，往往会在
"总堂号"之下再加入"分堂号"。总堂号是家族姓氏的发祥地，
分堂号则是族人迁徙至新地后以该地的郡号作为堂号。总堂号
和分堂号统称为"郡望"。历史上一些著名的堂号如杨氏"四知
堂"、王氏"三槐堂"、赵氏"半部堂"，都有一定的来历与影响。
世系表是家谱中最重要的内容，记载家族成员间的相互关系。
以欧式、苏式、牒记式、宝塔式世系表最为著名。欧式世系表
又称横行体，由宋代欧阳修创立，它世代分格，五世一表，人
名左侧有一段生平记述，由右向左横行。苏式世系表又称垂珠
体，由宋代苏洵创立，它世代直行下垂，世代间无横线连接，全
部用竖线串连，由右向左排列。牒记式世系表不用横竖线连接
世代人名，纯用文字来表述，人名下有一个简介，世系固定，次

序分明。宝塔式世系表是自上向下排列，横竖线连接，竖线在横线的中间，形似宝塔。

家传是家族中有名望、有功绩者的一种正式传记。家传内容大至对国家、民族、社会的贡献，小至对地方、家族做的每一件事情，如赈济族人，出资修建祠堂、祖墓等。自六朝起，开始将家族中名人的诗赋等艺文著作选录编入家传；尤其是明朝，此风更盛。选录的内容涉及史学、文化、经济、宗教等许多领域，隐藏着大量珍贵史料文献，堪与经典史料相媲美，成为史学家研究历史、搜寻资料必不可少的领域。艺文著述在体例上一般称作艺文志、辞源集、文征集等，内容包括其人的诗文著作、书函以及经籍、表策、碑文、书札等，有时收录一些图片资料，如祖先画像、地图、故居图、村庄图、墓穴方位之类，或刊载一些先人遗墨。

家谱的历史源远流长，已经形成有独特内涵、浸润着民族情愫的谱牒文化，对民族的心理素质、价值取向、言行举止都产生了潜移默化的影响，是家族仪礼的重要组成部分，具有珍贵的历史价值。它不但凝聚着本家族成员的灵魂与血缘，还凝聚着一个国家、一个民族的自豪感与认同感。

家　祭

中国独特的宗法制度，对社会、民众的影响巨大而深远，许多后来的社会制度、价值观念、伦理纲常等，都由其衍生而出，

并逐渐形成了宗祠以及祭祀制度。

　　宗祠是一个家族隆重举行祭祀祖先仪式的场所，祭祀是一个家族借以凝聚族人的重大活动，二者均与家族的生活密切相关。宗祠又称"祠堂"、"祠庙"，或称为"家庙"、"祠室"等，是族人祭祀祖先、聚会议事的地方，是原始社会祖先崇拜的社会遗留。中国历来重视孝道，自古民间就有修建祠堂的传统。到了明朝，由于皇帝朱元璋的提倡，祭拜祖先、建造祠堂的社会风气日渐兴盛；清代时，建造祠堂已经蔚然成风。江南一带聚族而居的家族，真正做到了"族必有祠"。

　　宗祠的建筑都异常严肃、庄重，一般的家祠多为四合院结构，成为一个相对独立的建筑群。对于一个家族而言，祠堂是家族存在的象征。宗祠规模的大小，直接反映了该家族的兴衰状况、社会地位，是家族的门面，所以，一个家族在建造宗祠时，族长大多会发动全族的力量，选用当时最好的石料和木料等，使家祠的规模尽可能地宏伟庞大。

祭祀祖先是最重要的家族活动，参加祭祖成为每个族人的权利和义务；对那些犯国法族规的族人，最严厉的一种惩罚便是不允许他参与祭祖活动。族长在宗祠内行使职权，在宗祠里决定重大的家族事务，如修建、翻新宗祠，祭祀祖先，惩罚族人，训诫族人等。家族中的大事，凡是族中有资格的族人都必须参加。

祠堂是族人认同宗族血缘关系，维护宗族共同利益的重要场所，具有"尊宗敬祖，收邻睦族"的社会职能，以家族象征的核心载体而受到族人的普遍重视。祠堂首先是族人祭祖敬宗的公共活动中心。每一个家族，祭祀祖先活动都有具体的内容和要求，如祭祀时间、先后顺序、仪式、程序、主持者、所用的物品等，而祭祀程序则有明确的规定，各家族都大同小异。拜祭结束后，全族成员举行宴饮，族人还要在一起分享贡品。据说吃到祭品的家族成员会得到祖先神灵的庇佑。

宗庙是供奉祖先灵魂的地方，宗庙的规制分成不同的等级。祭祀是家族中最重大的事情，族人必须定期到祠堂内祭祀

安徽歙县郑氏宗祠 ▼

祖先。

南宋大诗人陆游在《示儿》中写道："死去原知万事空，但悲不见九州同。王师北定中原日，家祭毋忘告乃翁。"由此可知，家祭作为一种祭祀祖先的仪式，在当时已经流传颇广了。古代礼制规定，祭祀祖先"一岁四祭"，即"岁朝祭，清明祭，中元祭，冬至祭"。祭祀仪式由宗子主持，祭前例行由族长宣读族规家训，对族人予以教育。家祭仪式反映出了中国人的祖先崇拜观念的确是根深蒂固的。

▲ 广东黄埔张氏大祠堂

祠堂的管理，一般由专人负责。管理祠堂者称为"祠差"，或者"总管"、"经管"，必须由老实可靠、责任心强的族人担任。其职责是负责祠堂内钱租的收支、祭器及器具的保管使用等，并负责祠堂日常的管理。管理情况每年要向族人公布，三年为期，期满换人。

家族祭祀活动扩展开来，久而久之就会约定俗成，固定为某一民俗，或以某一阶层民众的集体活动形式出现，进而形成一些组织活动，如会社、诗社等。"会社"是宋代城市民间生活的一个重要形式。不同行业的人员，往往聚集在不同的会社中，如唱戏的遏云社、演杂剧的绯绿社等。会社在特定的节日期间，都会组织各种特定的活动。从前，结诗社的现象普遍。在中国的文学名著《红楼梦》之中，贾府族人和亲戚们，就常常结社作诗，表现出浓郁的家族文化特征。

家　法

　　家法族规，是中国家族文化中相当重要的一部分。家法与族规都是为了治理好家族而设定的一些法则条文和规范，以严格的规章制度为表现形式。在强调群体利益的中国社会里，"齐家"这一环节的重要性可想而知。"齐家"之后才能"治国平天下"。各家族对本族子弟的教育非常重视，通过各种形式劝诫子弟要致学、修身、立志。而督促族内子弟上进的措施，便是通过家法族规来实现。每个家族，几乎都有家法与族规存在于各地各姓的家谱与宗谱中，构成了家族文化的重要内容。

　　家法族规的产生，并无特别固定的模式，一般是由家族成员共同商量制定。它能调节家庭或家族内部的各种关系，对族人言行举止予以教导和约束，是家族伦理的具体化，是特定时代的产物。

　　俗话说："国有国法，家有家规。"家族为了维持必要的传

颜氏家庙碑（颜真卿所书）▶

统宗族教育,往往拟定一些行为规范来约束家族中人,这便是家法家训的最早起源。中国历代都有"家诫"、"家训"问世,先秦时期数量极少,两汉时期略有增加,魏晋南北朝时期则形成一个高潮。较早出现的家族教育规范守则,是魏晋南北朝的"家诫"、"家训"。据考证,至少有八十余篇(部),其中尤以《颜氏家训》最为人们熟知,被誉为"古今家训之祖"。《颜氏家训》是当时家族教育兴盛的产物,是最为著名的家族教科书。颜之推作《颜氏家训》之后,其子孙在德行、学术方面均有建树,颜师古(大学问家)和颜真卿(大书法家)是其中的佼佼者。实际上,家训中许多治家教子的名言警句,已不再是本族人的家训,而成为社会上普遍遵行的道德要求,成为人们"修身"、"齐家"的典范,至今仍为人们谨奉。著名孝子王祥作《训子孙遗令》,其后的岁月中,该家族人才代出,如大政治家王导等。王家成为一门望族,号"琅琊王氏"。尽管每个家族的族规家训不同,但一般家训都有这样一些内容:一是遵守国法家规,二是宗族乡邻和睦相处,三是尊老爱幼,四是安分守己,五是履行族人的义务。

利用家法族规对族人进行教育约束,是家族管理的重要内

◀ 广东佛山祖庙灵应祠享殿

45

容。家族教育主要有两方面：一是家族道德教育，灌输传统伦理纲常，教育族内子弟要耕读为本、勤俭持家。二是家族文化教育，包括识字、举业教育，既激励家族子弟积极上进，追求功名利禄，又告诫子弟安分守己，爱财要取之有道。家诫、家训是中国古代家族教育的一大特色，作为传统家族教育的内容之一，是中国传统社会意识形态的家庭化、通俗化。它们将道德品质教育贯融于文化教育之中，对中国传统文化的继承和普及有一定的贡献，对后世产生了积极的影响。

社交仪礼

社交礼仪是家族与家族之间、家族与社会之间进行联系交往的必要手段。一个人自出生开始，便被卷入到社会交际的网

清代入朝仪式 ▶

46

络之中。中国是礼义之邦，崇尚礼尚往来。彬彬有礼，知书达理，是人们对一个人社交行为的肯定与赞赏，也是对其文化教养的赞扬。

社交礼仪是中国传统文化的重要组成部分，而且源远流长。社交礼仪在人们日常的交往和敬神、祭祖、婚丧嫁娶等活动中，逐步约定俗成，世代沿袭并不断地被文人总结，渐渐成为普遍认可与遵守的日常活动的行为规范和准则。

众所周知，人与人之间交往的第一步，便是相见礼仪。相见并不是双方约定时间、地点便可以直接赴约见面的，而是有很多的讲究和规范。比如，见面礼称为"挚"或"贽"，客人的身份不同，所带礼物的贵重和度也就不同。另外，还有许多特殊的讲究。比如，在中国社会中，几千年以来，都有"男女有别"的习俗——无论是说话还是见面，无论是聚会还是宴席，男性和女性在交往之中，都有一整套完备而复杂的规矩。谁违背了这些规矩，谁就会受到惩罚。

谈吐是考验一个人社交能力的关键。说话谈论的内容，是根据说话谈论的对象不同而有所限制。对此，古人曾经作过这样的规定："与君言，言使臣。与大人言，言事君。与老者言，言使弟子。与幼者言，言孝悌于父兄。与众人言，言忠信慈祥。与居官者言，言忠信。"另外，场所不同，言谈举止均各有规定：

▲贤母图轴(清·康焘)

47

对上应该谦恭得体，对下应该平和稳重。据说孔子在本乡里居住时，他举止十分恭谨得体，很少言谈，从来不高谈阔论。而这位圣人在宗庙、在朝廷时，说话也简洁清楚，从不废话连篇。下了朝堂，与士大夫言论时，他态度和蔼，语气平静，细言温语，不急不躁，侃侃而谈，使对方如沐春风。

在传统社会的人际交往中，彼此之间都有一定的行礼动作，并且以施礼动作来表示礼貌、恭敬等等。这里简单介绍几种不同社交场合、不同宾主身份的施礼动作。

揖，即两手抱拳于胸前，常见的是"长揖"，作揖时腰微弯曲。秦汉时期，揖或长揖是地位相近者或者较为熟悉者之间相互致意的礼节。

握手，又称为"挚手"、"执手"、"把手"、"携手"等，就如同今天的握手。

相持或拥抱，是汉代人表达激动或悲伤情绪的动作语言，现在的人们仍有沿用。

跪，是正式场合的坐姿，屈膝抵席，臀部压在脚后跟上。较为庄重的坐姿是"跽"，也称长跪，直腰而跪，以示敬重。这个礼节，有两千多年历史了，在今天的日本和朝鲜半岛，仍然十

汉光武锡封褒德 ▼

48

分盛行。

拜礼，是当时的大礼。男子跪在地上，头可以俯就地面，也可以不至地面。头触地叫"稽首"。女子虽然也行这种首触地的拜礼，但通常是弯腰施礼，称为"万福"。

叩头，即磕头，也称"顿首"，是在官场中下级行于上级的礼仪，同级之间则不行这个礼。

膝行，即以膝盖触地爬行，表示敬畏。

免冠，即自行摘下帽子，表示自我贬损和请罪。

徒跣，即赤足，即光脚，表示谢罪。

自髡，即自己剃去自己的头发，表示谢罪。比如，三国时期的丞相曹操，有一次违犯了军规，为严明纪律，自己在全军面前除去自己的头发，用以谢罪。

唾人，即以口水吐向他人，表示申斥和极度的轻蔑。以秽物和下流动作辱人，最为无礼。比如汉高族刘邦不喜欢儒者，如果有人戴着儒冠前来拜见，他便会"解其冠，溺其中"。

在长与幼的关系上，提倡"长者与之提携"，而幼者"则两手奉长者之手"，表示尊敬。

在师生关系上，学生应在行为上表现出对老师的敬重。

在主人与宾客的关系上，主人应在行为上表现出礼貌。

宴请坐次的排列，最能体现出主宾身份、地位的尊卑贵贱。古代正式的宴饮场合，若在室内宴请，背靠西墙、面东而坐的座位最为尊贵，其次是背靠北墙面南而坐，再次是背靠南墙面北而坐。若是在堂上宴请，坐位的尊卑又有不同。面南而坐之位最尊贵，面西而坐为其次，面北而坐为再次，面东而坐为最卑。这就是所谓的"室中东向坐为尊，堂上南向坐为尊"的宴饮坐次习俗。

称谓习俗

　　称谓俗称"称呼"，是中国传统社会的重要交际语言。恰当准确地使用称谓，能增进彼此感情，有利于社交的成功，也可

孔子讲学图 ▼

以展现一个人的修养。孔子认为，称谓习俗在社交礼仪方面非常重要，故曰："名不正，言不顺。"当然，称谓具有特定性，不同的时代、地域、语境，具有不同的称谓习俗。

中国传统社会对于称谓十分讲究，分毫必辨，认为这事轻视不得，俗语"人争一口气，佛争一炉香"，就是这个道理。其实，很多争吵的所谓名分问题，归结起来，就是因为不同的称谓会受到不同礼遇的缘故。因此，正确使用亲属、师友、同志之间的称谓，不但可以避免一些不愉快，而且很有现实必要。一般而言，称谓可分为对别人的尊称、对自己的谦称、对他人的代称等几种。在传统社交礼仪中，一般遵循"尊人抑己"的称谓原则，就是对别人的称谓要使用尊称，对自己的称谓则要使用谦称。

▲贴金彩绘文官俑(唐)

比如，秦汉时期，对男性泛用的尊称是"公"、"子"、"足下"、"君"、"卿"、"先生"等，对女性泛用的尊称则为"夫人"、"母"等。

"公"一般是在官方或较为正式的场合使用。上下级之间、友人之间可以互称。在江南一些地区，称呼老者也有用"公"的。

"子"的尊称，在社会上被广泛使用于男性之间，或者将"公"与"子"连称为"公子"。

"足下"的称谓，在两千多年前的战国时期已经出现。那时

候，普遍尊称男性为"足下"，此称谓也可用于臣子称呼君王。汉代"足下"之称不再用于称呼君王了，但仍是十分流行的尊称敬语。

"君"主要是对男性的尊称，也可用于第三人称，女性称男性也多用"君"，以表示敬意。另外，对女性表示尊称，也可使用"君"。

"卿"既是男性之间的尊称，又可以在夫妻之间相互尊称对方。

"先生"在战国时代，是对学识渊博的文人的尊称。秦汉时期，"先生"是对文人的尊称。

"夫人"是丈夫在家庭中对妻妾的敬称，还用于对社会上已婚女性的尊称。"母"是对老年妇女的敬称。

在传统社会中，对自己常常使用"臣"来自称，"仆"也是男性自谦词，广泛用于口头及书面语。男性还可使用"不肖"和"敝人"表示自谦，"妾"则是女性的自谦用语。

在称呼别人的父母时，要加一个"尊"字表示尊敬，如称别人的父亲为"尊父"或"令尊"。称呼自己的父母时，要加一个"家"字表示尊敬，如称自己母亲为"家母"或"家慈"。后来，在称呼别人的父母时，有时还会加一个"明"字，如"明公"、"明君"等，以示尊敬。

对别人的晚辈，称"令郎"、"令嗣"、"令爱"、"令婿"等；对自己的晚辈，称"弱息"、"犬子"、"小犬"、"息子"、"息女"、"息妇"、"东床"等。对朋友的称呼，一般的互称则加一个"仁"字，如"仁兄"。根据具体的关系不同，又划分为同学、同事等。同学之间的称谓为"同窗"、"同科"、"窗友"、"砚友"等；同事之间的称谓为"同仁"、"同察"、"同人"、"同僚"、"同年"、"同寅"等。

其他称谓，是指一些代称和别称，如年龄的代称，不同的年龄段有不同的称谓。不满周岁称为"襁褓"，幼年称为"总角"，十岁以下称为"黄口"，少年则称为"舞勺之年"、"舞象之年"。

▲ 孔子周游列国图

女子的年龄，还有专门称谓，如：十二岁称为"金钗之年"，十三岁称为"豆蔻年华"，十五岁称为"及笄之年"，十六岁称为"碧玉年华"（又称"二八年华"），二十岁称为"桃李年华"，二十四岁称为"花信年华"，三十岁称为"半老徐娘"。

男子八岁称为"韶年"，二十岁称为"弱冠"，三十岁称为"而立之年"，四十岁称为"不惑之年"等。其中，"弱冠"和"及笄"，分别表示男、女各自成年。五十岁称为"年逾半百"、"知天命之年"、"大渐之年"，六十岁称为"花甲"、"耳顺之年"、"平头甲子"、"杖乡之年"，七十岁称为"古稀"、"杖国之年"、"致事之年"、"致仕之年"，一百岁称为"期颐之年"等。

结婚后的婚龄也有特定的称谓。西方的一些叫法传到中国之后也很时兴，并逐渐演变为一种民俗文化，如：

第一年——纸婚　　　　　　　第二年——棉婚（布婚）

传统婚礼用品 ▶

第三年——皮婚　　　　　　第四年——麻婚

第五年——木婚　　　　　　第六年——铁婚

第七年——毛婚　　　　　　第八年——铜婚

第九年——陶婚　　　　　　第十年——锡婚

第十一年——钢婚　　　　　第十二年——丝绸婚

第十三年——花边婚　　　　第十四年——象牙婚

第十五年——水晶婚　　　　第二十年——瓷婚

第二十五年——银婚　　　　第三十年——珍珠婚

第三十五年——玛瑙婚　　　第四十年——红宝石婚

第四十五年——蓝宝石婚　　第五十年——金婚

第六十年——金刚石婚　　　第七十年——白金婚

第七十五年——钻石婚

门第习俗

在中国传统社会，姓氏可以说代表着门第的高低贵贱。比如，在中国文学名著《红楼梦》之中，就记载了贾、史、王、薛四大家族的故事。他们的血统就比别的家族高贵，他们的门第就比别的家族特殊。在社会生活的方方面面，这四大家族都享有别的家族无法享有的特权。而且，这种不公平的门第现象，被法律制度规定下来，世人谁也不得违规。因此，家世的高低贵贱，成为了决定个人前途的主要因素。甚至有些朝代，朝中重要官职，几乎完全把持在几个大家族手里；社会上每个人身份的贵贱，都是由其家庭的门第高低所决定，达官贵人与寒门庶族之间等级森严，有一条巨大的鸿沟不可逾越。

当然，所谓门第的高贵，在历史上也并不是一成不变的。一些当权者，总是想方设法抬高自己的出身。比如唐初的唐太宗、武则天统治时期，都曾经分别采取了重排天下

◀《红楼梦》家族图

安徽泾县茂林镇吴氏大宗祠 ▲

世家大族门第顺序的举措，使得河东李氏及武氏的门第，在社会地位上获得了很大的提升，为皇帝统治天下起到了重要作用。

隋唐时期的门第观念集中体现在婚姻上。唐律明确禁止"良贱通婚"，对婚姻十分讲究门第观念，并且予以法律认可与保护。在注重门当户对的婚姻上，不同社会等级的民众，只能在各自所属的社会集团内部谈婚论嫁；而"同姓不婚"的婚姻原则，更是将门第与姓氏紧密联系在了一起。

姓氏始终是代表中国传统宗族观念的主要外在表现形式，并以一种血缘文化的特殊形式，记录了中华民族的形成和发展过程。姓氏在历史上的传承比较稳定。传统上都继承父亲的姓，以父系方式把姓氏传递给下一代。

由于几千年来历史传承的原因，民众往往是聚族而居的，一个家族或者多个家族构成村落聚居生息。因此，大多是同姓聚居在一起的。在婚姻上，通常与附近村落或家族联姻，婚娶地域相对固定，同姓人群的分布比较集中。姓氏的分布实际上主要反映了同姓人群的分布规律。据有关部门统计，仅占总姓氏量不足百分之五的常见的一百个姓氏，已经集中了百分之八十五以上的人口；而占总姓氏量百分之九十五以上的非常见姓氏，仅有不足百分之十五的人口。

姓和氏，在古代并不是一个概念。姓起于女系，表示母系血统；而氏则起源于氏族图腾的标记或名号。在宗法制度之下，女性几乎失去了所有的权利，甚至连姓名权也被剥夺。男女结婚，妇随夫居，女子便成为夫族的一员，女子的姓名也发生了根本的变化，要在本身的父姓前加夫姓，表示已属夫族一员，然后在父姓之后加"氏"，表明自身原属何家族，如"张王氏"，就表示夫姓为张，父姓为王。

姓氏往往代表着门第。门第又称为"门户"、"门楣"、"门望"等，是一个家族在社会上的政治地位及身份的象征。在特定历史时期内，姓氏又可以代表一个家族的门第高低。因此，姓氏与门第有着千丝万缕的关系。为了炫耀自己的门第，很多人本能地攀附前代同姓名人作为自己的祖先，借以抬高自己的社会地位和身份。比如，姓岳的一般说自己是岳飞的后代，姓姜的必称自己是姜子牙之后；姓秦的往往称自己是唐初名将秦琼

◀ 春秋时的士农工商

57

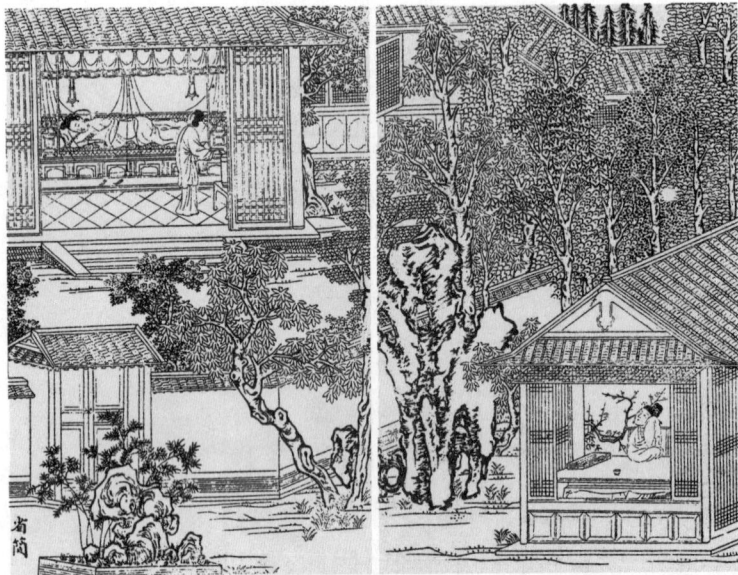
《西厢记》版画 ▲

的后代，却不愿说自己是南宋奸相秦桧的后裔。

中国古代社会分为士、农、工、商四个阶层，择偶婚配讲究"门当户对"。这种观念对后世影响颇深，反映到家谱中，竟产生了"娶妻不若吾家，嫁女必高吾家"的家法族规。认为娶了门第比自己低的女子为妻，这样的妻子贤淑温柔，容易驯服；而女儿嫁给门第高出自己的家族，则有两方面的诱因：其一，可以让女儿做贤惠媳妇；其二，可以攀附名门大族。

中国古代历史上为了这所谓的门第虚名，有过很多血腥的记载。比如南北朝时期，发动"侯景之乱"的首领侯景，此人本是北朝大将，投降了南朝之后，为了高攀，曾经想通过梁武帝向门第高贵的士族代表王家求婚，希望可以娶其女为妻。然而，因为其门第不符，结果被无情拒绝。于是，侯景对此耿耿于怀，伺机报复。他因此发动了叛乱，猛打猛冲，最终攻陷了都城。为报复昔日的求婚被拒之辱，他竟然下令士兵们恣意蹂躏糟蹋士族大家的妻女，致使很多女性受辱而死。又比如唐太宗"玄武门之变"后，要立具有隋朝皇族血统的弟媳杨氏为皇后，就说明门第观念在当时社会中所起的作用。综观唐代二十四位皇后，出身三品以上高官家族的就有十七位，公主也多选名门望族的子弟作为夫婿。

门第观念不仅对皇族和上层高官影响很深，对下层民众的影响也很广泛。比如，商人在经济上十分富有，但是，在婚姻上还是局限于同行或者平民，而很难与士族联姻。不同社会阶层之间门第悬殊，联姻往往困难重重，几乎是不可能的。比如中国古代著名戏剧《西厢记》之中，张生无法与崔莺莺结为百年之好，最大的障碍就在于他是一个白丁，而崔小姐则是相门之女，两人门不当户不对。一旦张生考中状元，有了政治身份之后，崔母便欣然接受这桩既定的姻缘。唐宋以来，政府还从法律上规定，演戏的、玩杂耍的、卖唱的、卖艺的以及奴婢等贱民择偶婚配，只能与其门第相当者结婚，否则，即使结婚也必须离婚，并要受到重罚。中国古代著名戏剧《墙头马上》说的就是因为门户不当，男女主人公只得隐瞒自己夫妻身份的故事。另一部著名戏剧《梁山伯与祝英台》所演的爱情悲剧，也是这种门不当户不对的门第观念在社会现实中的反映。

▼ 山西灵石王家大院

前面说过，在母系氏族社会，"姓"代表着"女性"。中国最古老的姓氏姬、妫、奴、姚、姜等等，均有"女"字旁，就是女性崇拜的历史痕迹，就是母系氏族社会共同血缘关系的标记和

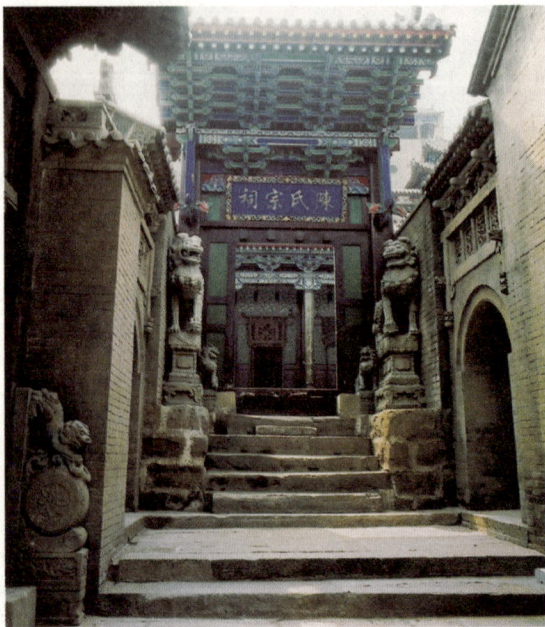

云南石屏陈氏宗祠 ▶

表征。《百家姓》是中国流行时间最长、流传最广的一种蒙学教材。该书共收集了单姓四百零八个，复姓三十个，采用四言体例，讲究押韵，朗朗上口。据南宋学者王明清考证，该书前四个姓氏"赵钱孙李"的排列是有讲究的。赵姓为百家姓之首，是因为当时宋朝的"国姓"为赵，皇帝姓赵，理当居首；钱姓乃五代十国中吴越国王的"国姓"，后来降宋，因此位居第二；至于孙姓，则是因为当时吴越国王钱淑的正妃孙氏家族势强人众，故排第三；而李姓，便是南唐的"国姓"，其降宋较晚，故居第四。这位王明清学者据此断定，流传广泛的《百家姓》问世于北宋初年。

中国的姓氏起源途径不一，当代学者周作明在《民俗通书》中总结出姓氏的来源有以下几种情况：一是以氏为姓，如姬、姚、姒等；二是以国名为姓，如冯、阮、郑等；三是以封地为姓，如苏、阎、欧阳等；四是以居住地为姓，如东门、邱、济等；五是以先人的名或字为姓，如风、朝等；六是以官职为姓，如史、粟等；七是以技艺为姓，如索、陶、屠等；还有以天干命名的，如大甲、祖丁等。

名号习俗

毛泽东在会见外宾时，曾经多次说过，中国人和外国人不同，我们不仅有名，还有字，还有号；小时候，母亲还会给我们起一个小名。这样一来，我们中国人就有四个名字了。

中国人的名字问题，的确十分有趣，下面，不妨举几个例子：

比如，春秋战国时代，各种思想很活跃，因此，人们常以"子"入名，并且特指有学问有道德的男性，如大法家韩非，又称韩非子；大儒家孔丘，又称孔子；大道家李耳，又称老子；儒家的第二个圣人孟轲，又称孟子。

比如，秦汉时期，除姓名之外，人们多以字、名并用。西汉始祖刘邦，字季；西汉谋士张良，字子房；西汉大将卫青，字仲卿。三国时著名人物袁绍，字本初；吕布，字奉先；曹操，字孟德；周瑜，字公瑾；刘备，字玄德；诸葛亮，字孔明；关羽，字云长；张飞，字翼德——在那个时代，几乎人人都是名、字并用的。

又比如，在古代，婴儿出生三个月后就要命名。为婴儿剪胎发时，母亲抱着婴儿，父亲执婴儿右手，为其取名——此名多为"乳名"，又叫"小名"。正式的名号，一般由启蒙老师或者德高望重之人来择取。大家族里，还要举行一定的取名仪式。

对中国人来说，名，也叫名字，有乳名、本名、学名、曾用名、笔名、艺名之别。乳名又叫"小名"、"奶名"，民间有"贱名好养活"的说法，因此小名或乳名一般都十分朴实，如柱子、石头、坷垃、二愣子、狗剩，甚至贱丫、臭妮等。本名是正式的名字。学名又叫正名，是指入学时正式起的名字，一般与本名相同。

古人常在名、姓之前加伯、仲、叔、季等字，表示弟兄排行的次序。伯代表老大，仲代表第二，叔代表老三，季代表第四或最小。如"不食周粟"的伯夷、叔齐兄弟，很明显一个是老大，一个是老三。

唐朝时期的名号开始大量出现，丰富了姓名文化的内容。

泥塑大阿福(清) ▶

如浪漫主义诗人李白，字太白，号青莲居士；现实主义诗人杜甫，字子美，号少陵野老；写作《长恨歌》、《琵琶行》等不朽诗篇的白居易，字乐天，晚年号香山居士。

笔名是近现代以来文人或作家在发表作品时用来代替原名的别名。笔名的取法有几种：

一是拆字法，如现代作家老舍，原名"舒庆春"，字舍予，笔名则是老舍。二是谐音法，如周恩来在五四运动时期组织"觉悟社"的代号是"五号"，便采用"伍豪"的笔名发表文章。三是寓意法，如左联作家赵平福，因崇拜方孝孺刚直不阿的品格，取方孝孺祠前拱桥上的"金水柔石"四字中"柔石"为笔名。据人们统计，现代作家鲁迅用过的笔名最多，有 156 个；其次是瞿秋白，105 个。

▲白居易像

按照辈分取名，也是自古以来流行的取名时尚。凡是同宗同辈，均用一个固定的字代表一代辈分，一般是排行或本名的最后一个字，一代选用一字，很有秩序。例如，鲁迅的原名叫周树人，其弟叫周作人，名字最后的"人"字，便是辈字。按族谱字辈命名，是中国人特有的取名方式，在民间广为流行。常用的字辈大都为"诗礼传家久"、"紫气东来长"等。有张家兄弟四人，名字按序为张泽荣、张泽华、张泽富、张泽贵。这"泽"字，便是辈字；而"荣华富贵"四字，便可排列为一个吉祥词语。

■ 《白蛇传》版画

民间传说与家族习俗

在中国，民间传说是民间文学的一个重要门类，它源于神话，但不是以幻想的形象和故事情节来构成事物，而是以客观的历史事件、历史人物或地方风俗为题材。虽然在民间传说中有假想的成分和附会的情节，但在本质上是真实可信的，它反映了人民的爱憎情感。

从历史的角度观察，流传于民间的传说故事，宛如生命旺盛的千年古树：那枝繁叶茂的树冠，显示出时代的风貌；那年轮重环的躯干，饱含了历史的信息；那盘错伸延的根须，又牵带出文化的底蕴。从这一特定的角度来说，它们构成了一组民族文化宝贵的活化石。这其中最有代表性、最负盛名的，要算《梁山伯与祝英台》、《白蛇传》、《孟姜女传》、《牛郎织女》这四大民间传说了。而且有趣的是，这四大民间传说，虽然环境各异，主人公各异，却有一个共同之处，即都在生动地演绎着家族的悲欢离合。

《梁山伯与祝英台》与双蝶节的由来

民间传说《梁山伯与祝英台》的故事，从南方到北方，流传十分广泛，各种版本也不尽相同。但是，其基本内容却是不

中华文化丛书
ZHONGHUA WENHUA CONGSHU

中国家族文化

梁山伯、祝英台读书的地方 ▲

变的。它说的是：在古代社会，浙江水乡有一个姓祝的大家族，有一位千金小姐，名叫祝英台。她是个独女，无兄无弟，无姐无妹，由于美丽而聪明，从小被年迈的父母视为掌上明珠。长到十五六岁之后，她就想要到外面的大城市去读书求学。然而，她的这一要求遭到了父亲的严厉拒绝。因为在那样的时代，男子可以在外读书；而女子却不允许外出，只能守在家里，大门不出，二门不迈。

为了实现自己的理想，祝英台女扮男装，来到家中，蒙骗过父亲，向祝家力陈女子外出读书做事的好处。老父亲以为她是男子，被说得哑口无言，只好赞同。这时候，祝英台脱去男装，以女儿身出现在父母面前。当父母了解情况之后，只好同意她去杭州读书，不过，她必须长期身着男装，以男性的身份与外界交往。

与祝英台同时去杭州读书的，有一个青年名叫梁山伯。他家庭贫寒，父亲早逝，是年迈的母亲含辛茹苦把他养大，并省吃俭用供他读书，以此希望他将来有一个好的前途。

梁山伯与祝英台同学之后，由于两人志同道合，从相识到相知，从相知到心心相印，感情一天比一天深厚，成为最要好的朋友。后来，在梁山伯的请求下，由师母见证，两人正式拜了兄弟，发誓不愿同年同月同日生，但愿同年同月同日死。在学习的过程中，有一次，梁山伯突然发现祝英台耳朵扎有耳洞，就好奇地问道："兄弟呀，你是男子，为什么耳朵扎过眼儿？难道说，你曾经戴过耳环吗？"祝英台被问得面红耳赤，急忙岔开话题，用别的事情掩饰过去。为此，梁山伯十分诧异，不知道究竟是怎么回事。在接下来的日子里，他又反复问过多次，但始终没有任何结果。

梁山伯母亲生病，捎来书信，他匆匆忙忙回家探望。这时，祝英台见自己的很多行为被梁山伯所怀疑，就将自己是女性的事实偷偷告诉师母，并赢得了师母的同情和理解。梁山伯回校之后，祝英台本来想要告诉他真相的，但考虑到梁山伯因母亲身体不好，情绪不佳，所以什么都没说。

◀《梁山伯与祝英台》剧照

就这样，梁山伯与祝英台同窗三年，他们在一起学习，一起生活。到了毕业的时候，两人依依不舍，送了一程又一程。在送行的路上，祝英台看见了树上的鸟儿成双成对，就以此来比喻男女成婚，但梁山伯根本不知是何用意；祝英台见池塘的大鹅结伴嬉戏，又以此来比喻婚姻，仍然被梁山伯挡了回去；两人进到庙里，本来是要拜别的，但祝英台却拉着梁山伯，非要拜天地、成婚礼，被梁山伯美美地斥责和戏弄了一顿。最后，在分手的时候，祝英台见梁山伯始终启而不发，十分焦急，但又不能明说，就只好编话说，自己祝家有一位才貌双全的小九妹，自己愿意做媒人，将她嫁给梁山伯，并希望他明年去祝家求婚。

两人分别之后，梁山伯的母亲久病亡故，他心里烦闷，便到学校去拜访老师。直到这时，他才从师母口中得知，自己最好的朋友和兄弟祝英台原来是个女子。于是，他回想起同学期间，祝英台的耳洞、祝英台说话的声音、祝英台做事的动作，并且联想到送别时的情形，一下恍然大悟了。

三载同窗 ▶

梁山伯急急忙忙赶到祝英台家，急切地想要见到祝英台。然而，祝家是个有钱有势的大户人家，根本不让他这穷书生进屋。为此，他和祝家争执起来。这个消息被丫鬟传到了闺房，祝英台大吃一惊，她不顾家人的阻拦和反对，一定要见梁山伯一面，否则就要上吊自尽。在她的坚持之下，老父亲没有一点办法，只好答应两人在楼台相会。这时候，梁山伯见到的祝英台已经不是一个翩翩少年了，而是个穿着华丽衣裙的美貌女子——原来，祝英台当初所说的"小九妹"，其实就是她自己。于是，俩人抱头大哭一场，只觉得山摇地动，日月无光。含着热泪，祝英台告诉梁山伯，父亲之所以不允许他们相会，是因为祝家已经把她许配给了一个姓马的大家族做儿媳。那男的名叫马文才，有万贯家产，有千顷良田，家族的许多亲戚都是当朝的大官。马祝两个家族联姻，实际上是统治者内部门第要求的必然结果。说到这儿，俩人都痛不欲生。他们相会时间还没有到，梁山伯就被祝家无情地赶走了。

▲ 十八相送

回家之后，梁山伯生了一场大病，终日以泪洗面，病倒在床，不吃不喝，精神恍惚。最后，他叫着祝英台的名字，悲惨地含恨离开人间。

祝家和马家经过协商，定下了祝英台和马文才的结婚日期。然而，祝英台提出一个要求：在迎亲当天，花轿必须从梁山伯的坟前经过。她要对着坟墓大喊三声，如果坟墓开了，她就扑进去，与死人结合；如果坟墓不开，她就甘愿被马家抬走。结婚的时候，唢呐高奏，锣鼓齐鸣。当花轿被抬到坟地时，祝英台连叫三声，梁山伯的坟墓果然应声裂开，祝英台在众目睽睽之下，毅然决然地扑了进去。

说来也奇怪，这时，坟墓前升起一团云雾。在云雾中，百花盛开。人们看见，花丛之间，翩翩飞舞着一对美丽的蝴蝶。这对彩蝶，追逐着，嬉戏着，幸福欢乐地生活在一起，永生永世都不分离——原来，这是梁山伯和祝英台的化身。

关于"化蝶"的缘由，历史上大致有两种说法：其一是"裙化蝶"之说，如清初浙江忠和刻本的长篇叙事民歌《梁山伯歌》中说：梁山伯墓开，英台闯入不见人，罗裙扯碎，化作蝴蝶，翩翩起舞。其二是"魂化蝶"之说，弹词《新编金蝴蝶传》这样写道：祝英台轿过梁山伯坟，"豁达一声坟塘裂，鬼哭神嚎好怕人，只见英台新娘子，将身跳入裂缝中——地裂全无痕迹然，只见花蝶满丘坟。白衣黑点梁山伯，白点黄衣九妹身。却是二人魂变化，飞来飞去共相亲"。

相传自祝英台"祭坟化蝶"之后，宜兴每年早春三月桃李开花放香之时，在祝英台和梁山伯读书的善卷洞碧藓庵附近，就会看到一对对彩色大蝴蝶翩翩起舞，穿花栖草，追逐嬉戏，形影不离。当地的民众为纪念他们因为争自由婚姻而献出生命的

梁祝墓遗址碑 ▶

70

事迹，把碧藓庵命名为"英台读书处"，建起了"祝陵"，并把传说是祝英台生日的农历三月一日定为"双蝶节"。

在中国民间风俗中，历来喜欢以鸳鸯、鸿雁、蝴蝶等来比喻男女之间的爱情和象征永不分离的情侣。这也许源自"梁祝化蝶"的社会心理动因。这使民间文学作品中凡爱情悲剧的结尾，常常不是化作草木而交柯，就是变成鸳鸯而交颈的模式。

传说中让在世相爱而不能结合的梁山伯与祝英台死后化为双双相伴的彩蝶，正是人们同情他们的遭遇，弥补自己心灵上爱情遗恨的一种神奇幻想。由民间传说而产生的"双蝶节"，自然有着广泛的群众基础。

浙江宁波一带盛行的游梁山伯庙的习俗，也与《梁山伯与祝英台》的传说有关。据说热恋或新婚的男女，只要到梁山伯庙一游，就能相亲相爱，白头偕老。所以当地流行着"梁山伯庙一到，夫妻一同到老"的俗谚。另外，还有的是到祝英台庵去求称心伴侣。每年新年的时候，庵前要烧一大锅菜汤，青年男女都赶来争抢着喝上一碗。据说，谁喝到这碗汤，谁就会找到称心如意的心上人。

《白蛇传》与端午节习俗

在与世隔绝的美丽深山里，有一条白蛇，另有一条青蛇，她们按照上天的旨意，一心一意进行修炼。其中白蛇已经修炼了一千八百年，具有很强的法力和功夫；青蛇也修炼了八百年，同样具有了一定的神性。于是，俩姐妹成为神仙，脱去蛇的外形，变成两个美丽的少女，一个取名叫白淑贞，一个取名叫小青。

在一个春暖花开的日子里，白淑贞和小青结伴来到杭州西湖，游览天下美景。在熙熙攘攘的人群中，有的唱着歌儿，有的跳着舞蹈，有的吹起柳笛，有的手拿鲜花，到处都是一派欢乐祥和景象。这时候，人群中有一位书生，长得眉清目秀，动作潇洒，气质高雅风流。他的名字叫许仙，是外地来此读书的。春和景明，他走出书房，吟着诗句，前来观景。白淑贞被他的一举一动深深吸引住了，痴痴地望着这个年轻人，顿时心里产生了爱恋之情。

白淑贞心里想："做神仙有什么好的？真不如做个凡人，与这书生结婚，过一世幸福生活！"然而，她又想到了，自己做了神仙，有许多神规要遵守，是不能随便与凡人结婚的。正犹豫不决时，小青推了她一把，使她收回遐想，转身离去。

可是，她虽然身体向前走着，却总是回头向后张望，心儿咚咚咚咚直跳。没走几步，她就把小青打发开，运用法术，招来一阵春雨。正在游玩的人们忽然遇雨，有的打开伞，有的互相搀扶，纷纷离开西湖。而此时的许仙孤身一人，正被大雨淋得无处可躲时，就听见一位女子亲切地对他说："先生呀，看你全身都淋湿了，这样会生病的。我这儿多了一把伞，你如果要用，就先拿去用吧！"说完，她就变出一把伞来，热情地交给了许仙。

打开伞的许仙，不再淋雨了。他激动地对着这位好心的姑娘一再鞠躬行礼，表示感谢。当抬起头来，他却发现眼前这女子十分美丽，而且善良和蔼，亲切可人，不由得心头猛然一热，脸红耳赤，急忙低下头来，再也不敢看对方一眼，匆匆撑伞走掉。

过了些日子，没有雨了，许仙拿着伞多次来到西湖边，想要还伞，想要答谢人家。可是一等再等，始终没有见到那位好心的姑娘。过了春天，过了夏天，过了秋天，一直到瑞雪纷飞的冬天，终于，他在西湖边的断桥上，又一次见到了日夜思念的白淑贞。惊喜之余，他慌忙把伞还给了对方。原来，白淑贞虽然是神仙，但她仍要按照规矩，每年抽一定时间到深山里去修炼，否则，就不能彻底脱去蛇身。在这次见面之中，小青也来了。许仙通过小青，向白淑贞表达了自己的爱慕之情。小青坚决不同意自己的姐姐和这位书生结合，暗对白淑贞说："他是人，咱们是蛇，万一身份暴露，咱们就永远修炼不成功了！"但是，白淑贞根本不管这一切，下定决心，无论如何也要与许仙生活在一起。

小青没有办法阻拦白淑贞，只好张罗起来，为姐姐和许仙操办婚事。结婚之后，白淑贞改名为白娘子。许仙对她非常好，俩人相亲相爱，欢乐无比。

在山上，有一座寺庙，名叫金山寺，寺里的老和尚法海是个心胸狭窄的坏人。他嫉妒白娘子和许仙的爱情生活，千方百

▲《白蛇传》版画

73

计破坏他们的婚姻。有一次，沉浸在幸福之中的许仙到庙里去礼拜，希望神灵能保佑他和白娘子，希望神灵能赐予他们永远的幸福。然而，法海却狠毒地给了许仙一瓶药酒，说道："你没有幸福！因为你的白娘子不是人，本来就是一条白蛇！你和蛇生活在一起，怎么可能幸福呢？"许仙大吃一惊，无论如何都不相信这话。法海便将药酒交给他，然后说："你如果不信，就在夜深人静之时，让姓白的当着你的面喝这酒。如果喝了，你就相信了！"

许仙心里十分恐惧，昏昏沉沉地回到家中。为了证实这一切，他便逼着白娘子喝法海那酒，而白娘子左挡右推，横竖不肯就范。许仙一时急了，跪在床前，强逼着白娘子喝酒。

在万般无奈之下，白娘子害怕伤了夫妻感情，明知酒里有

金山寺 ▶

毒，仍然将那酒喝下。许仙一看，白娘子并没有任何变化，心里骂着法海，也就趁着夜黑，安心地上床睡觉了。哪知一觉醒来，身边的白娘子痛苦地发着抖，流着汗，竟然变成蛇形，吓得他大叫

▲ 盗仙草

大喊。呼声惊动了小青，她拔出宝剑，冲进内室，看见姐姐这副惨象后，急忙寻问许仙，方才知道，原来是金山寺的老和尚法海使的坏。她再想多问一些情况，许仙已经吓得昏死过去。

天快亮了，药效渐渐散去，白娘子熬过了艰难的时刻，又恢复了人形。当她满头大汗地看见昏死在床边的许仙时，悲伤地喊着"是我害了他，是我吓死了他"，立即进行抢救。这时的许仙，已经停止了呼吸，无法救活了。白娘子只有潜到仙山去，盗来灵芝草，才能让许仙起死回生。

于是，她不顾小青的反对，冒着被削去一千八百年功力的危险，只身前往仙山，盗来灵芝草，救了许仙的性命。然而，活转过来的许仙由于相信了法海的话，无论白娘子如何劝说、如何解释，仍执意非要离去不可。无奈之下，白娘子只好眼看着自己的心上人离她而去。这个曾经幸福美满的家庭，也就此解

体了。

　　时间过了许多年。有一次，白淑贞和小青在西湖边游玩，又一次见到了许仙。此时的许仙已经是病恹恹的。他猛然跪倒在地上，祈求白娘子的原谅。因为当初一气之下，他离开了白娘子，从此，心里就空落落的。后来，他越想越后悔，就回去寻找当初那个家，然而，无论他怎样努力，无论寻遍天涯海角，他再也找不到那儿了。白娘子和许仙正在诉说往事时，小青拔出宝剑，就要刺杀许仙。她骂许仙是听信坏人挑拨的糊涂虫，是无情无意的大坏蛋。白娘子急忙上前，用身体挡住许仙，不让小青伤害他。

　　从这次见面之后，白娘子和许仙又一次重归于好。可是，法海并不甘心自己的失败，他将白娘子盗取灵芝草之事，向上天密报，于是上天就要废除白娘子的法力，让她变回蛇身去。为此，白娘子去找法海报仇，小青也一起前往。但是，小青的法力有限，被法海打败；白娘子也身受重伤，最后被法海压在西

端午节赛龙舟 ▼

湖边上的雷峰塔下，永远出不来了。

　　因为有《白蛇传》的传说，江南就有在端午吃癞蛤蟆的习俗。人们认为，吃癞蛤蟆可以消除内火，夏天不生痱子和疮疖。有的传说讲，法海原是个癞蛤蟆，与白蛇在一起修炼。后来白蛇抢吃了癞蛤蟆修炼的仙丹，增加了法力，成精为人，癞蛤蟆从此怀恨在心，就变成法海，处处刁难白娘子。人们把吃癞蛤蟆的习俗同《白

蛇传》的传说联系在一起，利用此故事来发泄对法海的仇恨。

在江南，特别是杭州一带，旧时还盛行端午节观看《白蛇传》戏文和游雷峰塔的习俗。《白蛇传》戏文平日虽也上演，但端午节那天却成为非演不可的固定剧目。以前有的戏班子还将真蛇搬上舞台，以增加气氛，招徕观众。由于同节日习俗相融合，这出戏尽管早已为观众所熟知，但人们仍百看不厌。

▲ 雷峰塔

雷峰塔位于杭州净慈寺前面的夕照山上。据传每逢农历五月初五端午节，人们从各地蜂拥而至塔前，在这里相互传扬着白娘子的故事，不仅为她抛洒一掬同情之泪，还要挖块塔砖带回去，认为此砖内具有白娘子的灵气，得此砖能避邪镇恶。更多的说法是，多挖塔砖，塔能够快些倒掉，这样，白娘子就可早日出头。

《孟姜女传》与寒衣节的由来

秦朝时期，有一个叫孟姜女的女子，人非常善良，也非常美丽。经过媒人介绍，她与一个叫万喜良的青年男子相识相爱，并且成婚，过上了幸福美满的生活。

当时，秦始皇为了修建万里长城，在全国各地征用劳役，并

孟姜女庙（又名贞女祠） ▶

且下达了严酷的命令：凡是青壮年男子都必须去修筑长城，谁违抗命令就砍谁的脑袋。

孟姜女进入万家之后，知书达理，孝敬公婆，深受万家上上下下的尊敬与爱戴。然而，由于朝廷下达了征役命令，结婚仅仅三天，万喜良就被军队强押着离开家乡，踏上征途。孟姜女哭着喊着追上丈夫，将自己亲手缝制的红肚兜给丈夫戴上，千叮咛万嘱咐，希望丈夫在外面平平安安，完成劳役，尽快回到家中，夫妻俩恩恩爱爱，白头到老。

丈夫离开后，孟姜女既不想吃饭，又不想睡觉，整日像掉了魂儿似的。婆婆看到这情况，就对她说："孩子呀，你是不是有喜了？你是不是怀孕了？"一家人小心翼翼地照顾起了孟姜女，生怕她流产。而孟姜女仍然精神不佳，夜夜做梦，时刻思念着丈夫。一年过后，婆婆见孟姜女并没有怀孕，村里人也见孟姜女思夫心切，就都鼓励她去看望看望丈夫。

得到公公婆婆允许之后，在父老乡亲们的支持下，孟姜女带着一包自己亲手制作的衣物，独自一人，翻越千山万水，历经艰难困苦，踏上了漫漫寻夫之路。途中，她曾经遇到野狼的袭击，但她凭借机智勇敢，与野兽周旋，保全了性命；她也曾经遇到过心怀恶念的坏人，险些遭到强暴。为了保住贞节，她誓死不从，与歹徒进行了你死我活的搏斗，最终被推下山崖，摔得昏死过去。

过了几天，她被好心人发现并救活。醒来之后，人们劝她不要再冒险了，让她赶紧回老家去，但她为了能够见到丈夫，谢绝了人们的好意，养好精神，又继续前进了。

日升日落，月圆月缺，不知走了多长时间，她终于来到长城脚下，看见成千上万的苦力都在军队的看押之下，搬运着石头，修建着城墙。她来到苦力们中间，四处询问，但人太多，始终没有打听到丈夫万喜良的下落。

有一天，她正在给苦力们做饭，忽然遇到了几个当年的同乡。他们告诉孟姜女，她的丈夫万喜良一年前就已经死去了，尸体就埋在长城的石头底下。听到这一噩耗，孟姜女如同被晴天霹雳击打，顿时眼前一黑，昏倒下去。

当野外的风把她吹醒过来时，她想到自己千辛万苦跑来寻夫，却落了个这样的下场，不禁放声大哭起来。她的哭声，在山野里久久回荡。突然"轰隆"一声，长城被她哭塌。在砖石底下，成千上万的尸体，已成为累累白骨。在白骨堆里，孟姜女找到了一具戴着红肚兜的尸体——他就是万喜良呀！他就是孟姜女日思夜想的丈夫呀！

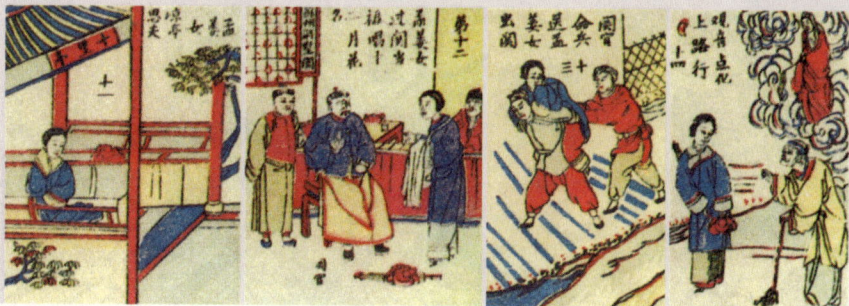

◀ 孟姜女万里寻夫图

这个传说后来演绎为"寒衣节"。在北方农历十月初一，过这个节很普遍。在节日中，妇女们都要亲手缝制新寒衣，送给远方的亲人。如果亲人已经作古，就用纸剪制寒衣，到坟头上去挂起来，祭祀一番后烧掉。有的以包袱代之，有寒衣之名，无寒衣之实。有的还要包些食品，祭祀后一起烧掉，表示让死者有吃有穿。

在民间，还有许许多多有关孟姜女的歌谣，主要唱的是：孟姜女手摇纺线车，日日夜夜把线纺；孟姜女脚踩织布机，辛辛苦苦织布忙；孟姜女用尺细细量，剪刀裁衣沙沙响；孟姜女巧手操丝棉，熨熨帖帖做内装；孟姜女穿针又引线，紧紧张张缝衣裳；做寒衣，装干粮，要送给丈夫万喜良。

给已故亲人"送寒衣"的习俗，更多地反映在民间传说中。有的传说讲，孟姜女带着亲手制作的寒衣来到长城脚下，听到的却是丈夫早在一年前就累死，并被埋在城下的消息。她禁不住放声痛哭，这一惊天动地的哭声，竟把长城哭倒了八百里，露出了一片白骨。那么多惨死的征役民夫中，究竟哪一具尸骨是自己的丈夫呢？一位老人告诉她，只要把寒衣烧掉，衣灰飞到哪具尸骨上，哪具就是自己的亲人。孟姜女按老人说的做了，在寒衣灰飘落的一具尸骨上她找到了亡夫。

孟姜女万里寻夫图 ▶

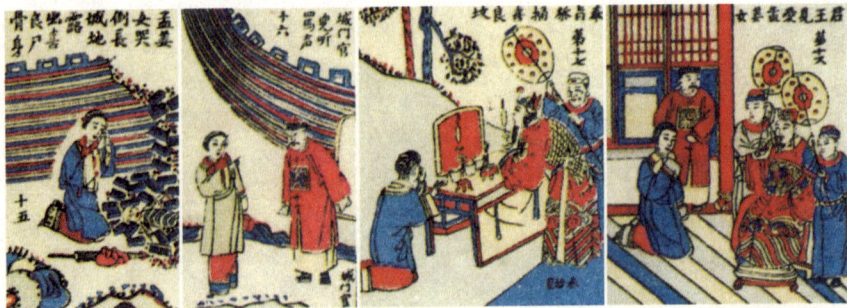

有的传说讲，孟姜女找到万喜良的尸骨以后，便把尸骨包在寒衣里，哭述道："万郎灵魂显一显，妻送寒衣长城边。活着未穿我做的棉，死后也要万郎骨头暖……"万喜良听后显灵，并对孟姜女说："活人吃饭又穿衣，死鬼穿不得活人的衣。孟姜女啊孟姜女，忠贤大德世罕稀；若要丈夫穿寒衣，火中点燃我领起。"孟姜女听后，急忙用火把寒衣点着，烧成灰烬，祈祷丈夫来领。传说中，民间习俗成分的加入，不仅使故事情节更为曲折丰富，而且使民众感到更加亲切，更能牵动人心。

▲ 金山岭长城

《牛郎织女》与乞巧节的由来

这个传说主要流传在北方民间。其大概故事是：从前，有一个普通家庭，父母双亡，家中只有哥哥和弟弟俩人。哥哥年龄较大，娶了妻子。可这位嫂子心肠狠毒，经常虐待年幼的弟弟，不但不让弟弟吃饱饭，而且还把他赶出家门，让他顶着风

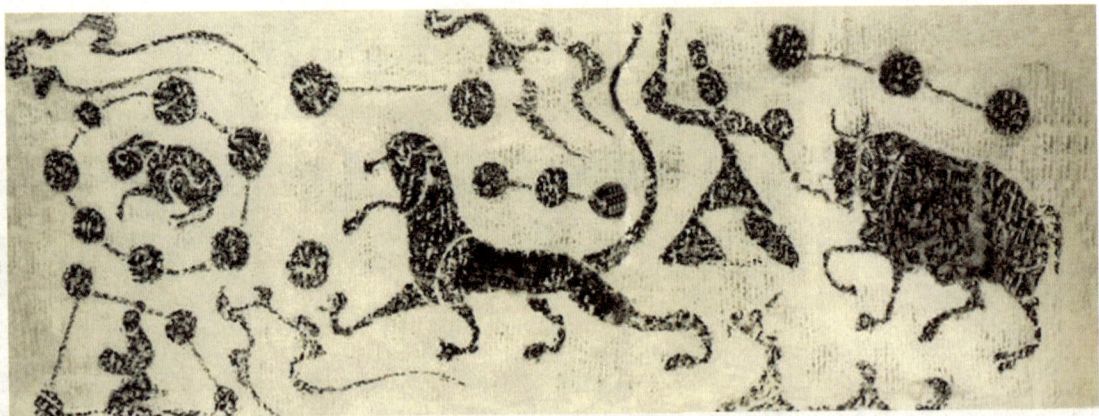

雪，到野外去放牛。人们不知道他叫什么名字，见他天天和牛生活在一起，就称他为牛郎。

尽管牛郎忍辱负重，嫂嫂仍然迫害体弱的牛郎，不是打他，就是骂他，还提出了分家的无理要求。未成年的牛郎知道，所谓分家，其实就是哥哥嫂嫂要把他赶出家门。于是，在半夜里他来到牛棚，独自一人哭泣起来。他想念父母，想念亲人，希望有人能够帮助他，否则，他必然会被冻死饿死的。正在他痛哭之时，忽然听见有人在他身边说话。他吓了一跳，向四周张望起来，并没有发现任何人。再仔细一听，原来是身边的牛在安慰他，这使他十分惊奇。他擦着眼泪说："牛呀，没有想到，世上那么多人都不关心我，你却来关心我，你的心肠真好啊！"牛停了吃草，对他说："他们要分家，你就同意分家，你什么东西都不要，只要我这头牛就行了。"

果然，牛郎同意分家之后，家里的房屋、家具、田地、山林等财产，全被哥哥嫂嫂霸占去了，牛郎只分到了那头牛。从此以后，哥哥嫂嫂把他赶出家门，他只好与牛为伍，自力更生，在苦难中渐渐长大成人。

俗话说："男大当婚，女大当嫁。"牛郎到了结婚的年龄，却因为家里贫穷，娶不起妻子，成不了家，成天打光棍。

有一天晚上，寂寞的牛郎吃过晚饭，躺在牛棚里望天数星星。这时候，老牛又说话了。它对牛郎说："你已经长大成人了，也该成家立业了。明天下午，你到小树林的河边去一趟，那里有许多仙女在洗澡，你不要偷看，只从左到右数一下，要把第七件粉红色的衣裙拿走——那衣服的主人，就是你未来的妻子。"

牛郎听了老牛的话，将信将疑。第二天下午，彩霞布满天空，他紧张地从小树林里跑出来，果然看见一群美丽无比的仙女，正欢乐地在清澈的河里洗澡。她们又是打闹，又是嬉戏，又是唱歌，又是欢笑，歌声笑声响遍山野。牛郎被这情景所感染，

呆呆地站在那儿，看了很久很久。忽然间，一阵凉风吹过，太阳渐渐落下西山。他打了一个寒战，猛地想起老牛对他说的那些话来，于是就赶紧低头，望着一地五彩缤纷的衣裙，从左向右数起来。当数到第七件时，他激动地将它抱在怀里，重新跑回树林之中。

83

河里的仙女们洗好澡，也尽情玩耍够了，有人就说："我们是天上的神仙，这次偷偷下凡来，母亲王母娘娘发现之后，那可不得了呀！"仙女中的大姐眼看着天要黑了，急忙说："姐妹们，咱们偷偷下凡，这是违反天规的事情。趁着天还没黑，咱们赶紧回到天上去吧！再过一会儿彩霞没了，咱们就飞不回去了！"仙女们听了大姐的话，就争先恐后来到岸边穿衣服。可是，那位名叫织女的仙女却找不见自己的衣服了。正当她急得没办法时，牛郎从小树林里抱着衣服跑出来，红着脸说："仙女呀，你不要急，看看这是不是你的衣服呀？"他主动把这件粉红色的衣裙交给了织女。

　　仙女们看见这个情形，都十分惊奇。织女红着脸穿好衣裙，然后对众姐妹说："既然我的身体被人间的这个男子看过了，我就情愿留在人间，给他做妻子。"仙女们听了这话，望望牛郎，又望望织女，不知该说什么才好了。这时，天已经渐渐暗了下来，仙女们只好趁着晚霞匆匆返回天宫。

　　织女留在人间，与牛郎结了婚。她并不嫌弃牛郎贫困，也不羡慕别人家的富贵，一心一意与牛郎过日子。一年之后，他们生了一个儿子；又过了一年，他们又生了一个女儿。生活虽然很艰苦，但是夫妻俩相亲相爱，十分

《牛郎织女》现代绘画 ▶

美满。每天，牛郎都牵着牛下地干活，织女就在家里养育儿女、做饭洗衣，把家里家外整理得井井有条。每当夜晚来临，织女便会给儿女们讲述天上的故事。原

◀《牛郎织女》(现代绘画)

来，她是天上王母娘娘的第七个女儿，聪明而又美丽，天天都在天宫织布织锦。她心灵手巧，把天宫打扮得如同花园一般，地上人们看到的五颜六色的彩霞，就是她织出来的。她个性很强，向往自由自在的生活，于是就和仙女们一起，瞒过王母娘娘，偷偷下到凡间来玩耍，而且做了人间男子牛郎的妻子，并生儿育女，过起了夫唱妇随的生活……牛郎和孩子们听着织女的话儿，又激动又欢乐，一家人和和美美，其乐无穷。

天上的一天，是地上的一年。那一日，仙女们洗完澡，回到天上，王母娘娘发现织女没有回来，顿时勃然大怒，把所有偷偷下凡的仙女们都惩罚了一遍，并将她们关押起来，严加看管，再也不让任何人随便活动了。接下来，王母娘娘亲自率领天兵天将来到人间，从东方找到西方，从南方寻到北方，终于探得了织女的下落。这是一个平静的傍晚，织女为干活回来的牛郎做好饭后，又在给孩子们讲天上的故事了。突然间，天空闪出一道白光，王母娘娘乘着白光下到凡间，大骂织女一顿，非要捉拿织女返回天庭。

牛郎、织女和孩子们见到这情形，顿时吓得魂飞魄散。牛郎再三哭求，织女也跪在地上苦苦哀告："母亲呀，你的女儿已经嫁给了凡间的牛郎。他对我很好，我们俩相亲相爱，已经生了一对儿女，希望母亲开恩，千万不要再让我回天上去了，千万不要拆散这个幸福家庭呀！"然而，王母娘娘根本不听女儿的哭泣和牛郎的哀求，一把拎起织女就向天上飞去。顿时，两个孩子哭做一团。他们张着小手呼喊母亲。牛郎也急得在地上直跺脚。可是，他是凡人，不是神仙，他不会飞呀！这时，老牛又说话了——这头牛已经很老很老了，说话的声音也十分低沉。它说道："牛郎呀，我这就快要死了。我死之后，你赶紧把我的皮剥下来，然后踩在这上面，用箩筐挑起你的儿子和女儿，就能赶上你的妻子织女了。"说完，老牛就断了气。

牛郎踩着牛皮，挑着担子，一个箩筐装着女儿，一个箩筐装着儿子，果然飞升起来。他们沿着织女飞去的方向奋力追赶，孩子们在空中高声呼唤着自己的母亲。渐渐地，越来越近，越来越近，他们终于追上了天兵天将。织女也回转脑袋，哭喊着牛郎和孩子们的名字，挣扎着要与他们会合。一看这情况，王母娘娘急了，慌忙从头上拔下发簪，在面前猛然一划，天上顿时出现了一条白道，而且越来越亮，越来越粗，生生地把牛郎和织女隔开——这便是天上那条亮晶晶的银河。

织女被捉回天宫后非常痛苦，整天想念牛郎，想念自己的宝贝儿子和女儿，不吃也不喝。王母娘娘对此毫无办法，只好答应，七月初七让织女和牛郎相见一次。于是，每年农历的七月七日这一天，天下所有的喜鹊都会飞到天上，欢腾起舞，搭起一座美丽的鹊桥。牛郎就带着孩子，通过这座桥，前来与织女相会。

在民间，人们都说，农历七月七日这天晚上，只要在月亮底下，或者在屋棚底下，静静谛听，就能听见牛郎和织女在动情地说话。而且，在中国的许多地方，农历七月七日已经演化为一个重要的节日，叫"乞巧节"，又叫"女儿节"。七夕之夜，仰望苍穹，人们会看到由繁星组成的银色星河横贯南北，古代称为"天河"，天文学上称为"银河"，它的两岸，两颗最亮的星即为牛郎星和织女星。关于乞巧节的传说，因为是源于牛郎和织女的爱情故事，所以特别令人感动。

乞巧节来临时，妇女们要忙碌一番，不仅要乞巧求智，还要拜祭织女。民间一般陈设瓜果，或设案焚香，有些地方还举办隆

◀《牛郎织女》邮票

重的"乞巧会"。乞巧的方法因时因地而异，节目精彩纷呈。女子们在活动中体现出来的灵心慧性，令人叹为观止，有穿针乞巧、结网乞巧、浮针试巧、斗巧宴等乞巧方法。比如穿针乞巧，即金针度人，是最常见的一种方法——七夕月下以丝线穿针，先穿过的为"得巧"，落后的则为"输巧"。所穿之针，相传有汉代的七孔针、元代的九尾针，比普通的针多了好几个针孔，称为"玄针"。又比如结网乞巧，此法在浙江、安徽等地非常流行，就是把小蜘蛛放在盒子内，等候一段时间，然后看它结网的疏密，据此判断得巧多少。还比如浮针试巧，是在容器中盛水，待水面生膜后，丢针于上，看水底针影所成的图案，以查验是否得巧。浙江农村还有用脸盆接露水的习俗。传说七夕时，清晨的露水是牛郎织女相会时的眼泪，如果擦在眼上和手上，可使人眼明手巧。乞巧活动表达了人们祭神乞巧、追求美好生活的愿望。

高密扑灰年画 ▶
《牛郎织女》(清)

农历七月正是五谷丰登的季节，人们把七月初七看作是祭神乞巧的良日。在乞巧的同时，人们也在此日祈求生子，这就是有些地区流传的"种生"的习俗。即在七夕之前把豆、麦等植物的种子浸泡在器皿中，芽生数寸后，于七夕之夜用彩线束扎起来，对月祈祷之后埋在地下。还有的地方，用蜡做成小孩的样子，放在水中祈子。

　　以上这四大传说，是中国流传最广、影响最大的民间文学，也是家族文化中的重要内容。因为它们源于民间，发于民心，真正反映了华夏民族的善恶取向。换言之，要想探讨中国的家族文化，就必须了解四大传说。比如：在《牛郎织女》中，王母娘娘就是豪门强族的化身，而牛郎和织女则是弱势群体的代表；在《孟姜女传》中，秦始皇就是豪门强族的化身，而万喜良、孟姜女则是弱势群体的代表；在《白蛇传》中，法海就是豪门强族的化身，而白娘子、许仙、小青则是弱势群体的代表；在《梁山伯与祝英台》中，祝家、马家、马文才就是豪门强族的化身，而梁山伯和祝英台则是弱势群体的代表。不仅如此，由这些传说演绎出来的寒衣节、端午节、双蝶节、乞巧节等传统节日和风俗，早已经和中国人的日常生活融合在一起，永远也无法分离了。

■ 关公财神（清）

家族的保护神

在传统中，中国是个多神祇的国度，无论是哪一个行当，都有自己的保护神。源远流长的家族文化也一样，为了使其发展下去，人们自然也会树起相关的神灵，对之顶礼膜拜，让其保佑家族，绵延后代，生生不息。

这其中，最重要的是以下五个神祇。

媒　神

传统社会男女结婚，须有"父母之命，媒妁之言"方为合法，否则便遭人唾弃。由此可见媒妁在婚姻中的重要地位。至于说到与之相关的掌管婚姻之神——媒神，人们首先便会想到月下老人，实际上，中国神话中人类的女始祖女娲，便是最早的媒神。

◀女娲洞

迎亲 ▶

　　本书开头说过，盘古开天辟地以后，女娲为这片天地创造了主宰者——人。可是，人一批一批地造了出来，却又一批一批地死去。女娲总不能一直不停地干着造人的工作吧！女娲想啊想，终于想出了一个好主意——她把人分成了男人和女人两类，让女人和男人互相配合，赋予他们生儿育女的功能，让他们养育自己的后代。于是，在女娲的安排之下，人类就这样一代一代地繁衍下来，并逐渐遍布了世界各地。

　　因此，女娲成了人类最早的媒人。后世的人们为了纪念她，把她奉为"高媒"，也就是媒神的意思。由于她的神庙都建在郊外，人们又称女娲为"郊媒"。后人祭祀这位最早的大神，典礼十分隆重。每年仲春时节，人们就用牛、羊、猪三牲齐备的隆重礼节来祭祀她，并且天子都要亲自前往主持大典。祭祀媒神后，人们便在神庙附近举行集会，让未婚的青年男女前去参加联欢。人们奏起美妙的音乐，跳起欢快的舞蹈，尽情地玩乐。若是男女双方都情投意合了，就可以自由结合，而不必拘于平时的繁文缛节。

由于女娲不仅撮合了男女，还赋予了他们生儿育女的功能，因而许多已婚的夫妇也到媒神庙祷告，求她赐给他们子女。因此女娲又成了人类最早的送子女神。后来媒神的职权扩大了，凡是男女间的事都由她统管。帝王们祭祀女娲就是希望她能赐给他们子嗣，使自己建立的王朝能够世世代代延续下去。

女娲作为媒神受到人们的敬奉，这是较古时候的事。唐朝以后，在民间广为流传、广受人们信奉的媒神，又演化为现在人们所熟知的月下老人，又称"月老"。至于月下老人怎么成了掌管婚姻之神，有这么一段传说。

据唐朝李复言《幽怪录》记载，唐初杜陵（古县名）有个叫韦固的人，年纪不小了，还未娶妻，想早觅良伴。贞观二年（公元628年），韦固途经宋城，投宿于一家叫"南店"的客栈。晚上出去散步时，他看见一个鹤发童颜的老人，背靠着一个布袋，借着月光翻阅着一本书。韦固十分奇怪，便恭恭敬敬地上前问老人看的是什么书。老人回答说："我看的是天下的姻缘簿。"韦固又看到老人旁边布袋中有很多红绳子，便又问红绳是做什么用的。老人回答说："这是用来绑夫妻的脚的。不论男女双方是冤家对头，贵贱贫富，还是相距千里，只要此线一系，必定成为夫妻。"这就是俗语"千里姻缘一线牵"的由来。

韦固听说老人掌管婚姻之事，便高兴地问："老人家，你能不能告诉我，我什么时候结婚，我的妻子是什么样的人？"老人告诉韦固："你的妻子现在才三岁，要到十七岁才能进韦家门，她就是这个客栈北边卖菜婆婆家的女孩。"韦固便求老人带

月下老人 ▲

他去看看，老人答应了。天快亮时，韦固随老人来到菜市场，看见一位老婆婆怀里正抱着一个小女孩，坐在菜摊前卖菜。她们衣衫褴褛，十分寒酸。韦固一见，异常恼怒，心想：出身如此低微的人，怎能做我妻子！于是他便派仆人前去刺杀那个小女孩。谁知仆人心中胆怯，只刺伤了小女孩的眉间。

十四年后，韦固考取功名，任相州参军（幕僚）。相州刺史王泰经过一段时间的考察，认为韦固做事干练，便露出了把女儿许配给他的意思。韦固听说上司的女儿漂亮贤惠，便高兴地答应了。韦固遇到这等好事，不禁回忆起多年前在宋城的经历，不觉十分得意，认为那月下老人不过是说瞎话罢了。

婚后，韦固发觉妻子眉间老是贴着一朵纸花，一问才知道，她小时候被人刺伤眉间，因而留下了伤疤。韦固心中怀疑，便详加询问，妻子才向他述说了自己的身世：原来，她是刺史王泰的侄女。她的生父原是宋城长官，在任期间病死，当时她还在襁褓之中。祸不单行，母亲又跟着去世。家中无人，奶妈靠卖蔬菜维持生活，含辛茹苦把她拉扯大。长大后，她投靠了做官的叔父，最后被当做女儿嫁给了韦固。

韦固这才惊叹月下老人所言不虚，便把他在宋城所遇原原本本地告诉了妻子。妻子听后也惊奇万分。此事传扬开来，现任宋城长官听说之后，欣然为南店题额"定婚店"。

韦固深知天意不可违，便与妻子相亲相爱，白头偕老，缔造了一段美满姻缘。他们所生的子女，后来都显达于世。

于是，这个神奇的故事流传于世，月下老人的名声也传扬开来。从此，人们便把为男女青年牵线搭桥的人称作月下老人或月老，与媒神女娲娘娘一起祭拜。

吉　神

在汉语词汇之中，只要涉及祭奠祖先、孩子出生、男女结婚、老人做寿等等礼仪，"吉祥"一词必不可少，这也是在中国的家族文化中使用频率最高的词语。因为日常生活的需要，所以产生了吉祥之神。这个神，俨然成了家族的保护神。

吉神又叫泰逢神，是一个人人都愿意见到的天神。谁要是遇见他，肯定不久后会有什么喜事降临，所以，谁都希望着，在这儿或者在那儿，在春天或者在秋天，在白天或者在夜晚，在醒着或者在梦里，能够与他邂逅。但是，吉神泰逢却轻易不出来，因此一般情况下人们见不到他。

吉神泰逢是东首阳山的主神，那山上光秃秃的，没有什么树木，但是山上盛产美玉。吉神泰逢的脸与人差不多，但身体

太逢神圖

泰逢神（清《神异典》）▶

像野猫，后面还拖着一条长长的大尾巴。每次出行的时候，在他周围，都有彩色的光环闪耀着。谁若是见到他这个模样，他就能给谁带去福音和吉祥。

泰逢最喜欢喝酒，而且酒量很大，每次他都在外面喝得脸泛红光才会回家。酒喝多了以后，他就喜欢和人们开玩笑。

据说春秋时期，有一天，晋平公和著名的音乐家师旷一同乘车到浍水去。这时，太阳已经落山了，彩色的晚霞布满天空，鸟儿都在黄昏中成双成对地回巢了；牧童也赶着牛羊、唱着山歌回家了。远处的村庄，升起了袅袅的炊烟。突然，晋平公看见，从对面来了一辆八匹马拉的车子，那车子走得飞快，八匹马也个个神采飞扬。晋平公心想："这是谁呢，出行时如此气派？"那辆车子来得很快，两辆马车交会的一瞬间，晋平公觉得眼前有个人影一闪，赶忙回头一看，不禁大吃一惊——原来对面车子上的那个人已经坐在了自己车子的后面。而且这个人的模样有点怪，只见他脸色通红，半闭着眼睛，身上毛茸茸的，像野猫似的。更令人惊异的是，他后面还翘起一条长长的大尾巴，比猫的尾巴要大得多。晋平公有点害怕，悄悄地拉了一下师旷的衣襟，低声将自己所见到的情况告诉了这位盲人音乐家。师旷什么也看不见，他听了晋平公的描述，很高兴地对晋平公说："恭贺您了，陛下！"晋平公一脸困惑地说："喜从何来？"

"根据你的描述，那个在我们车后面的人肯定是吉神泰逢。你很幸运地碰到了他，不久就会有一件大好事降临了。"师旷对晋平公解释说。

晋平公半信半疑地回过头去又看了一眼，只见那人此时睁开了眼睛，对着晋平公点了点头。而且晋平公还发现，那人的周围，确实闪耀着彩色的光环，他刚才因为害怕没敢细看，没有发现这些奇特现象。

晋平公心里的一块石头此时才算落了地。他长长地

▲ 泰逢（明胡文焕绘图本）

97

泰逢（明蒋应镐绘图本）▲

吸了一口气，对师旷说："我想跟泰逢攀谈攀谈，不知可不可以？"师旷说："当然可以。"于是，晋平公转过身去，正想和泰逢攀谈，只见泰逢将身子一纵，回到原来的车上，八匹马拉着他如飞而去。晋平公见泰逢越来越远，不禁有点后悔。师旷知道后，安慰晋平公说："吉神泰逢是可遇而不可求的。他如果不想跟您说话，您早点开口也是没用的。"

后来，晋平公果然迎来了一连串的大喜事；一是家族添子，国家后继有人；二是风调雨顺，老百姓五谷丰登；三是晋国在战争中获得大胜，版图大大地扩张起来；四是魏国惧怕晋国，采取和亲政策，提出联姻，主动将公主嫁到晋国来。

据说，吉神泰逢的脾气一般情况下都很好，但是如果遇上他很不喜欢的人，有时也会让那人吃点小小的苦头。

在夏朝的时候，有一个国王叫孔甲。这个国王整日不理朝政，不干正事，每天只顾喝酒、打猎、玩女人，还特别迷信鬼神。而且孔甲性情暴躁，刚愎自用，对手下大臣轻则割鼻挖眼，重则杀头戮尸。

有一天，孔甲来了兴致，又带着他的一群随从卫队去打猎。

他们驾着高头大马、带着鹰犬来到了东首阳山。吉神泰逢就住在这座山上。孔甲一群人乱哄哄闹嚷嚷地在山上逐兔、射鹿的声音传到泰逢耳中，正在家中喝酒的泰逢感到很是败兴，他决定惩罚一下这些不务正业、只知玩乐的家伙。

他收起酒，运用自己的神力，刮起了一阵大风。这阵风，直刮得天昏地暗，飞沙走石。正在山中玩乐的孔甲一群人被刮起的石头砸得头破血流，抱头鼠窜。他们在山中不辨东西，迷失了道路，最后跑到一个老百姓的屋里躲避这场风暴。恰巧这家人刚刚生了个男孩，亲友们正在向主人贺喜。人们见国王来了，纷纷向孔甲致敬。有的亲友就说："这孩子真有福气，刚出生就来了国王，以后肯定能当大官。"也有的亲友说："不一定，日子虽好，就怕孩子压不住，以后还要遭祸患呢。"孔甲听了这些议论，很生气地说："把这孩子给大王我做儿子，看谁能使他遭祸患！"吉神泰逢听了这话，冷笑一声，转回山洞，继续喝自己的酒去了。

孔甲回到宫中

▶ 泰逢（明四川成或因绘图本）

99

后，果然派人把这孩子要去自己养着。孩子长大后，有一天，四面刮起了大风，把厚重的帐篷给吹起，支撑帐篷的一根柱子也断了。孩子飞快地往外跑时，不小心碰到一把锋利的斧子上，把脚砍断了。孔甲没有办法，见孩子什么也干不了，既不能上学念书，也不能下地干活，更不能到战场上去杀敌立功，只好派他去做了一个看大门的小兵。

这也许是吉神泰逢对孔甲的一个小小的惩罚吧。

虽然吉神泰逢会给人带来喜事，但如果你得罪了他，他也会给你点惩罚。一般情况下，对于善良的人们来说，吉神泰逢是会给他带来喜事的。甚至有民间传说，无论谁家得了孩子，最好能在穷家抚养，而且必须起个铁蛋、狗娃、鼠鼠之类的贱名，只有这样，孩子才有可能见到吉神，才有可能获得一生的吉祥平安——这些民俗，究其根源，都与吉神的喜好有关。由此可见，他扬善抑恶，爱憎分明，的确是家族的保护神。

财　神

在中国民间，逢年过节，许多人都会以不同的形式，寄托自己的希望，其中很重要的一个心愿，就是希望在新的一年里能够招财进宝，年年有余，从而使自己的生活更加富裕快乐。这种风俗，实际上就是中国古代对财神崇拜的延续，这也可以说是中国古老民俗的一种体现。

在中国历史上，历朝历代人们对财神的崇奉都十分普遍，各地几乎都有"迎财神"、"敬财神"的习俗。一种普遍的说法认为，每年正月初五是财神日。在这一天，无论是官宦人家，还是平民百姓，都会摆上鸡、鱼、水果等供品，摆设香案，燃放鞭炮，欢欢喜喜地迎接财神到家。祭祀财神后，南方的人们要包馄饨、吃馄饨，而北方的人们则吃饺子。据说是因为馄饨和饺子都形似元宝，借此祈愿自己能在新年中财运亨通，财源滚滚。

至于财神究竟是谁，长得什么样，历代的说法各不相同。

有的说财神有五路，这五路财神原来是五兄弟。这五兄弟每年都在正月初五这天到民间巡游，察访民情，这时候谁要是供奉迎接他们到家，谁就能全家新年五路进财。

也有的说，财神分为文财神与武财神。文财神是商纣王手下的忠臣比干，他因为忠心耿耿直言劝谏，最后被商纣王剖腹摘心而死。比干这人又是一个极善于管理财务的人，所以死后被天帝封为财神，即文财神。武财神就是人们最熟悉的赵公元帅。

赵公元帅就是人们所说的赵公明，陕西终南山人，是商朝的一员武将。直到秦朝时，他还神奇地活着，已显示出与众不同的神性了。这时候，他对春秋战国礼崩乐坏、诸侯争霸厌倦透顶，就躲进山中修道。到汉代，据说四川鹤鸣山的天师张道陵炼丹，赵公明为他守护药炉。其后，赵公明吃了张天师给的

▲ 比干像

丹药而成了仙。

　　赵公明被奉为财神，并且广为人知，得益于古代文学名著《封神演义》一书对他的描写。相传在姜子牙助周武王讨伐商纣王的时候，赵公明因为是商朝的武将，当然帮助商纣王作战。赵公明同姜子牙手下的大将交战。他手持缚龙索和定海珠，把缚龙索向对方扔过去，口念咒语，就能捆住对方。没想到对方也有宝物，叫做落宝金钱，一下子把赵公明的宝物打到地上，他这宝物便被姜子牙收走了。

　　姜子牙回去后，又开始作法。经过二十二天的诅咒和其它法术，使赵公明死在商纣王的军中。周武王克商之后，姜太公奉元始天尊之命，手捧云符金册，登上岐山的封神台，大封双方阵亡忠魂。赵公明被封为"金龙玄坛真君"。所以，赵公元帅又有"赵玄坛"之称。赵玄坛的职责是"迎祥纳福"，姜太公又派了四名天神作他的助手。这四个助手分别是：招宝天尊萧升、

苏州"迎财神"民俗活动 ▶

纳珍天尊曹宝、招财使者乔有明、利市仙官姚迩益。有了这四个助手，赵公明就成了真正的财神。

在民间的塑像和绘画中，赵公元帅的形象十分威猛。他面色黝黑，长着一脸络腮胡子，头戴一顶铁盔，手执铁鞭，骑着一匹威风凛凛的黑虎，巡视民间。据古书记载，赵公明法术无边。他能驱雷逐电，呼风唤雨，除瘟祛疫，禳除灾异。赵公明不仅能保佑百姓发财，同时还能为民申冤。他有这么大的本事，而且有求必应，当然受到了人们的欢迎。天长日久，深入人心，赵公明深受百姓的拥戴。

明代以后，财神的形象又有所变化。那就是在财神中又多了一个助手，这个助手与众不同的是，他是一个回回人。这可能与郑和下西洋带回阿拉伯国家的许多宝物有关。因此，人们知道，阿拉伯国家十分富庶。为了多一条财路，就给赵公元帅又派了一个助手。同样，这种变化也在民间有了解释，人们称之为"回回进宝"（谐音"回回"为"每一回"之意），取其语义双关，也显示了人们对新生事物乐观开放的接受胸怀。

信奉财神，追求财富，使生活更加富裕、美好，这是中国古老的民俗，也是人们的美好愿望。所以，"迎财神"、"敬财神"在当今的中国社会仍然十分盛行。

▲ 独座财神（清）

灶　神

灶神又叫"灶王爷"，是保佑家族生存繁衍的重要神祇。

宋朝著名诗人范成大《祭灶诗》写道："古传腊月二十四，灶君朝天欲言事。云车风马小留连，家有杯盘丰典祀。猪头烂熟双鱼鲜，豆沙甘松米饵圆。男儿酌献女儿避，酹酒烧钱灶君喜。婢子斗争君莫闻，猫犬触秽君莫嗔。送君醉饱登天门，勺长勺短勿复云。"这首诗生动地描述了中国古代老百姓祭祀灶王爷的场景，道明了人们祭祀灶王爷的原因以及人们期盼灶王爷祛灾赐福的美好愿望。

灶王爷又称"灶君"。人们对灶神的崇拜，可谓源远流长。随着时代的变迁和推移，灶神亦几经变化。上古时候，炎帝是主管夏天和火的南方天帝，祝融则是他的佐神。《淮南子》说："炎帝作火官，死而为灶神。"又据许慎《说文解字》说："周礼以灶祠祝融。"由此可见，炎帝和祝融都曾为灶神。又有传说，玉皇大帝的小

祝融像 ▼

104

女儿，爱上了一个专门为人们烧火做饭的心地善良的穷小伙子，并且俩人私订终身，闹得天上天下沸沸扬扬。玉皇大帝很要面子，迫于无奈，只好将小伙子列入神班，封为"灶王"。这样，灶神有了配偶后，民间便有了称呼灶神为"灶王爷爷"或"灶王奶奶"的分别。

尽管灶神几经变化，但他的神职却丝毫未变。其职责是"古传腊月二十四，灶君朝天欲言事"，或说"灶神晦日归天，告人罪"。用现在的话说就是，灶神在晦日这一天，也就是每年农历腊月（十二月）的二十三日或二十四日，要到天上去向天帝汇报人们的善恶。老百姓怕灶神说他们的坏话，因而就在这一天祭祀灶王爷。祭祀时，人们供上粑粑、糖、粉饵、果品、鱼、肉等祭品，还要焚香点烛烧纸钱，叩头礼拜送灶王爷上天。人们把糖涂在灶神嘴上，希望他能到天帝那儿多说好话。有的在灶神嘴上抹粑粑之类的黏物，黏住灶神的牙齿，使他说话含糊不清，以此来封住他的嘴。还有的用酒祭祀，就是希望灶神喝醉后无法多言。到了除夕晚上，人们再用同样的办法把灶神接回家中来住，借以保佑自己。人们此举，就是希望灶神"上天言好事，下地降吉祥"。

正是因为灶神有着上天言事并间接消灾赐福的神职，因而

▲ 灶神画像

105

古代乃至近现代，民间对灶神的崇拜都是非常普遍的，几乎家家户户的厨房里都供着灶君的神位。直至今天，仍有不少地方的百姓，保留着腊月二十四或除夕祭灶神的习俗。

对灶神的祭祀，人们历来是郑重有加。古代人们祭灶神是用荤的。东汉时期，人们用狗来祭灶神。《后汉书》记载，汉宣帝时，据说一个叫阴子方的人，在腊月二十四日做早饭时杀了一条狗，灶神突然在他面前现形。他立即向灶神叩头，受到灶神的赐福。这之后，阴子方吃喝不愁，发了大财。因为灶神能赐福，所以人们纷纷杀狗，用来祭祀灶神了。晋代时，人们"晦日以豕祀灶神"，也就是用猪肉和酒作为祭品祭祀灶王爷。到了唐宋两代，祭祀灶神就和现代差不多了。

不过，需要指出的是，在古代如此普遍的祭灶神活动中，主持并参与祭祀活动的只能是男子，女子虽然整天围着灶台转，却没有资格参与。可见，在中国传统社会中，男女地位是多么的不平等。时至今日，民间仍然沿袭着祭灶神习俗，但早已不分男女了。

门　神

古时候，每到除夕晚上，几乎家家户户都要在门上贴门神画像，以祈保合家平安，吉祥幸福。人们认为，有了门神的护佑，邪神恶鬼就不敢作祟。这种传统观念影响深远，至今，不论是南方还是北方，在广大农村，仍然保留着贴门神的习俗。

门神神像中的人物有许多种，但其中最早的是神荼和郁垒。相传远古时代，黄帝不仅是人间的最高统治者，而且还是神鬼世界的最高主宰。对那些时隐时现地游荡在人间的鬼，黄帝就派神荼和郁垒兄弟二人去统辖。这兄弟俩居住在东海的桃都山。山上有一棵大桃树，它大得有点不可思议，枝干纵横交错，树荫能盖住方圆三千里的地面。树的顶端站着一只金鸡，当第一缕晨曦普照大地时，金鸡就鸣叫起来，于是天下所有的鸡都随之啼叫。在大桃树的东北角，有一个鬼门，万鬼都由此出入。当金鸡鸣叫时，神荼和郁垒就站在鬼门旁边，威风凛凛地把守着，认真检阅着那些在人间游荡了一夜后归来的形形色色的鬼。传说鬼只在夜间活动，天快亮时，不等鸡叫就赶快往回跑。神荼、郁垒两个门神如果发现哪个鬼为非作歹、危害人间，便马上用芦苇绳子把他捆绑起来，拿他去喂老虎。恶鬼害怕被神荼、郁垒发现劣迹，都小心行事，轻意不敢做坏事。因此，神荼和郁垒俩兄弟就成了恶鬼的克星。有他俩存在，鬼就不敢上门，家就能平安无事。

与此稍有出入的说法是：在茫茫东海中有一座山叫度朔山，

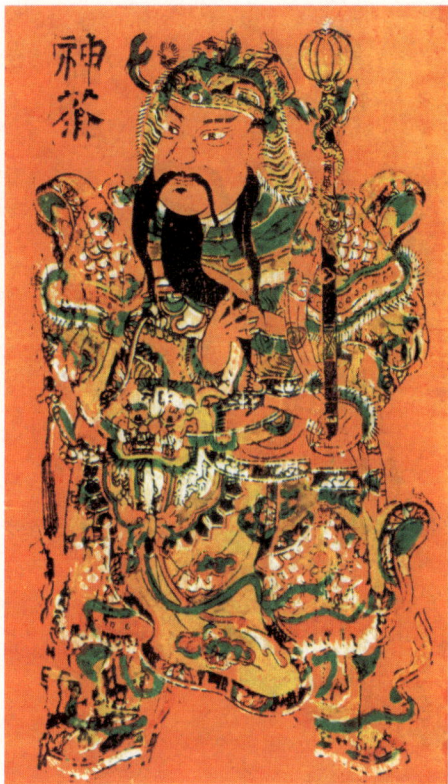

▲ 神荼像

郁垒像 ▶

山上有一棵大桃树，桃树的枝干盘曲，能荫盖三千里的地面。桃树枝叶的西南角是神门，由神将神荼把守着。凡有邪神入内偷桃，神荼就用桃木做的剑砍他的脖子，用桃枝穿他的腮帮，并把他扔到海中喂毒龙。在桃树枝叶间的东北角是鬼门，由神将郁垒把守。如果有哪个鬼无端作恶、祸害人间，郁垒就用桃木做的弓射他的嘴脸，用芦苇绳子把他捆绑起来，扔到山上喂老虎。

这两个说法不同之处仅在于，在后一说中，神荼、郁垒两人的职责稍有分工，神荼、郁垒分别把守神门和鬼门，分别管辖神界和鬼界罢了。

由于工作岗位所限，神荼、郁垒两位门神是不可能随时随地发现并把所有邪神恶鬼都除掉的。于是，黄帝就命令人间百姓礼敬这两位门神，用以随时驱魔逐恶，因此后世逐渐形成了信仰神荼、郁垒的习俗，人们把这两位神的画像挂在家门的两旁，又在门枋上画一只大老虎，还要在门上悬挂一段芦苇绳子，以抵御妖魔鬼怪的侵扰。再往后，人们为图方便，就造出了门神画像，过年时就贴在门上；有简单的，甚至就在门上写上神荼、郁垒的名字罢了。这样，神荼和郁垒就成了民间最普遍、最受欢迎的门神了。

随着时代的变化，人们又造出了一些新的门神。这些新门神还有武将门神和文官门神之分，他们多为各朝历史人物，也有不少神话人物，著名的如孙膑、赵云、马超、岳飞等。不过，最流行、最为后世百姓所接受的，则是唐朝初年的名将秦琼和尉迟恭。

中国文学名著《西游记》第十回是这样描述秦琼和尉迟恭变成门神的："头戴金盔光烁烁，身披铠甲龙鳞，他们本是英雄豪杰旧勋臣，只落得千年称户尉，万古作门神。"至于秦琼和尉迟恭如何由战功赫赫的勋臣，变成贴在普通百姓门上的门神，则有这样一段传说。

相传泾河老龙因为与一术士打赌，违反了天规，没能按规定时间降雨。玉皇大帝大怒，命令唐太宗的大臣魏徵负责斩杀泾河老龙。泾河老龙于是托梦给唐太宗，求他嘱咐魏徵放他一条生路。唐太宗点点头，在梦中答应了泾河老龙的请求。于是，醒来之后，唐太宗就传旨让魏徵陪他下棋，企图借此拖住魏徵，使他错过行刑的时刻。未曾想到，魏徵在下棋时困顿不堪，昏然

◀唐太宗像

睡去，其魂魄飘飘然然来到了天庭，领了玉帝旨意，按时斩杀了泾河老龙。

死后变鬼的老龙气愤难平，他恨唐太宗不守信用，便夜闯唐太宗寝宫，抛砖掷瓦，狂呼乱叫。唐太宗被吓得夜不能寝，神情恍惚。他把这件事的缘由告诉给群臣，武将秦叔宝（即秦琼）当即出班奏道："臣平生杀人如剖瓜，积尸如聚蚁，何惧魍魉乎？愿同敬德（即尉迟恭，又叫尉迟敬德）戎装立门外以伺。"唐太宗听后十分高兴，就批准了这个要求。当晚，秦琼和尉迟恭两人身披盔甲、手执金瓜斧钺，一左一右，把守于唐太宗寝宫门外。果然一夜平安无事，唐太宗总算睡安稳了。可是，秦琼、尉迟恭两人毕竟是人，长年累月地值守终非长久之计。唐太宗也不忍心两位爱将终夜辛苦，于是便命令画师，把秦琼、尉迟恭身披盔甲、手执战斧、腰佩鞭练弓箭的戎装形象画成图像，贴在宫门上。没想到这办法倒也奏效，宫内从此没有邪神恶鬼再来作祟。后世沿袭，两人因此成了门神。

把秦琼、尉迟恭两人的画像贴在门上，开始只在贵族之家流行。后来，这套办法也被百姓学去了。为了抵御邪鬼恶魔的

尉迟恭画像 ▶

110

侵袭，人们把画有秦琼、尉迟恭像的图画贴在门上，也有的人家不用图像，而直接写上"秦军"、"胡帅"的字，分别贴在家门的两旁。为了酬谢两人守门的辛劳，逢年过节，人们就用酒食犒赏秦琼、尉迟恭。

无论是神荼和郁垒，还是秦琼和尉迟恭，对门神经久不衰的崇拜和信仰，反映了人们驱除邪祟、祈求家庭平安幸福的美好愿望。

◀ 秦琼画像

家族的保护神，不仅仅局限于上述五位，但最主要的是这五大神祇。这是因为，民间都讲究善始善终，这五神的讲究是：从媒神建家开始，到吉神的保佑、财神的增富、灶神的善言，最后到门神的守护为止，把中国家族文化的丰富内涵体现得十分全面。

图书在版编目(CIP)数据

中国家族文化／凯祥编著.——南昌：百花洲文艺出版社，
2009.3
（中华文化丛书）
ISBN 978-7-80742-538-0

Ⅰ.中⋯　Ⅱ.凯⋯　Ⅲ.家族－文化－中国　Ⅳ.K820.9

中国版本图书馆CIP数据核字(2009)第013448号

中华文化丛书

中国家族文化

凯祥　编著

出版者：江西出版集团·百花洲文艺出版社
　　　　（南昌市阳明路310号　邮编:330008）
电　话：(0791)6894736　　(0791)6894790
网　址：http://www.bhzwy.com
发行者：百花洲文艺出版社
印　刷：江西华奥印务有限责任公司
版　次：2009年7月第1版第1次印刷
规　格：860mm×980mm　16开本
印　张：7.75印张
字　数：90千字
书　号：ISBN 978-7-80742-538-0
定　价：56.00元

（如印装质量有问题,请与印刷厂联系调换）
电话：(0791) 8368111